做天下好诗集

面朝大海 春暖花开

海子诗歌精品

诗·海 子

画·韦尔乔

编选 | 撰文·谭五昌

江苏凤凰文艺出版社

目录 contents

- 050 感动
- 053 肉体（之一）
- 056 肉体（之二）
- 060 死亡之诗（之一）
- 063 死亡之诗（之二：采摘葵花）
- 067 给萨福
- 071 梭罗这人有脑子
- 078 大自然
- 080 莫扎特在《安魂曲》中说
- 083 海子小夜曲
- 086 谣曲
- 090 给B的生日
- 093 云朵
- 096 九月

- 001 亚洲铜
- 005 阿尔的太阳
- 009 新娘
- 012 思念前生
- 015 活在珍贵的人间
- 018 房屋
- 021 我请求：雨
- 024 打钟
- 028 明天醒来我会在哪一只鞋子里
- 032 村庄
- 035 麦地
- 041 在昌平的孤独
- 044 幸福
- 047 八月尾

154 眺望北方
157 四姐妹
161 春天，十个海子
165 夜色
167 两行诗
170 四行诗
174 山楂树
177 日记
180 叙事诗
191 遥远的路程
194 面朝大海，春暖花开
197 黎明（之二）
200 太平洋的献诗
203 黑夜的献诗
206 后记

099 九首诗的村庄
102 两座村庄
105 日出
108 诗人叶赛宁（组诗）
121 长发飞舞的姑娘（五月之歌）
124 夜晚 亲爱的朋友
127 汉俳
131 五月的麦地
134 麦地与诗人
138 幸福的一日
140 重建家园
143 秋
146 秋
149 祖国（或以梦为马）

亚洲铜

亚洲铜,亚洲铜
祖父死在这里,父亲死在这里,我也将死在这里
你是唯一的一块埋人的地方

亚洲铜,亚洲铜
爱怀疑和爱飞翔的是鸟,淹没一切的是海水
你的主人却是青草,住在自己细小的腰上,守住野花的手掌和秘密

亚洲铜,亚洲铜
看见了吗?那两只白鸽子,它是屈原遗落在沙滩上的白鞋子
让我们——我们和河流一起,穿上它吧

亚洲铜 1984.10

《亚洲铜》是海子的成名作,也是最早为海子带来广泛声誉且奠定他日后在中国诗坛地位的重要诗篇。全诗所包蕴的深邃丰富的历史文化及生命情感内涵,使它在海子数量众多的充满纯粹抒情色彩的诗篇中显得卓尔不凡,分外引人瞩目!作为一个统领全篇的核心意象,"亚洲铜"在此具有深刻的双重象征含义,它既是贫穷祖国形象的精妙比喻("亚洲铜"在视觉形象上容易让人联想起北方贫瘠广袤的黄土地,而海子本人又常常把北方当成心目中的祖国),同时又是民族传统文化的形象命名与概括("亚洲铜"这个名称具有浓厚的东方色彩),表达了诗人对于民族苦难生存境况的深沉广阔的文化反思。

亚洲铜,亚洲铜

击鼓之后,我们把在黑暗中跳舞的心脏叫作月亮

这月亮主要由你构成

1984.10

全诗分四节,在第一节中,诗人点出"亚洲铜"(黄土地)是接纳着"祖父"、"父亲"和"我"的"唯一的一块埋人的地方",暗示出贫瘠的黄土地是我们世世代代无法逃避的生存背景,它饱含了我们命运中的全部苦难、屈辱与辛酸;第二节则用"青草"在海水"淹没一切"的荒凉背景中"守住野花的手掌和秘密"这一自然意象,传达了诗人对于民族苦难命运的深沉思索以及隐秘的反抗意向;第三节顺承第二节的思想脉络,通过将"白鸽子"转化成"屈原遗落在沙滩上的白鞋子"的大胆联想,以及"穿上它们"的热烈恳求,流露了诗人对于以屈原为代表的、为着祖国的幸福前途而不惮勇敢殉身的崇高人格的由衷敬慕与礼赞;第四节对前三节所表达的思想感情加以进一步的深化,它通过一场想象

亚洲铜　1984.10

中的"击鼓"舞蹈（仪式舞）所呈现出来的表面狂欢图景，于内在深层的痛苦中传达出我们对于生命和生存的虔诚祈祷与美好憧憬，有力地揭示了作品的深刻主题。

综观全诗，此诗在艺术性上所取得的成就也堪可称道：诗作意象鲜明生动（画面感强）、联想丰富而大胆（比如"我们把在黑暗中跳舞的心脏叫作月亮"）、视阈广阔（从地下到地面到天空）、节奏张弛有度，极具情绪感染效果，与作品深刻的思想性堪称互映生辉，构成了《亚洲铜》众口交誉的阅读魅力。

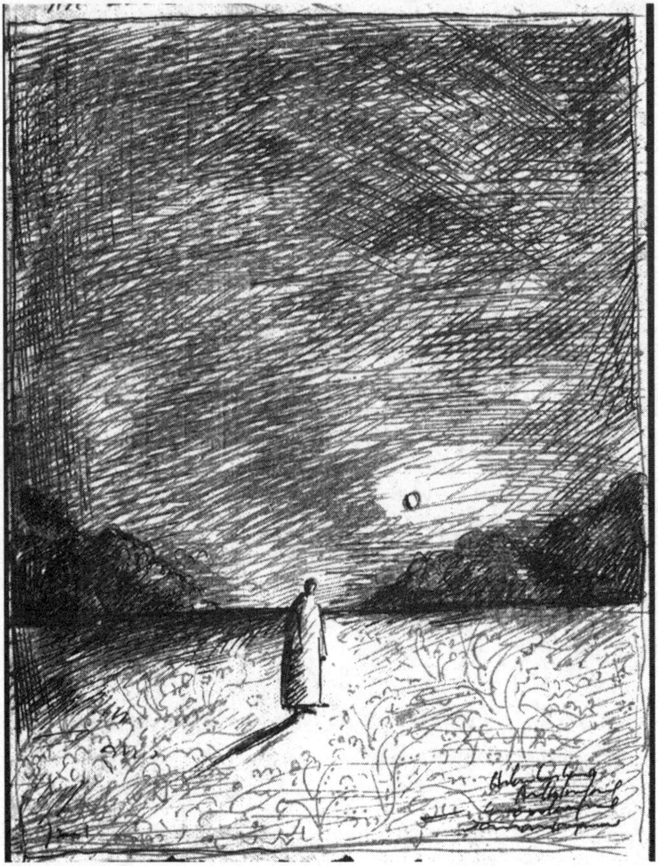

阿尔的太阳[①] ——给我的瘦哥哥

"一切我所向着自然创作的,是栗子,从火中取出来的。啊,那些不信仰太阳的人是背弃了神的人。"[②]

到南方去

到南方去

你的血液里没有情人和春天

没有月亮

面包甚至都不够

朋友更少

只有一群苦痛的孩子,吞噬一切

[①] 阿尔系法国南部一小镇,凡·高在此创作了七八十幅画,这是他的黄金时期。

——海子自注

[②] 引文摘自梵·高致其弟泰奥书信。

阿尔的太阳

《阿尔的太阳》是海子呈给荷兰天才画家梵高(又译作凡·高)的心灵诗篇。梵高的一生短暂而痛苦,他的生命就像他笔下疯狂燃烧的向日葵那样,直至耗尽了最后一丝激情才轰然倒地。海子浪漫主义的生命状态和人生追求使得他把异域的梵高引为自己生命的知音和精神的兄弟,这一点从诗作的副标题"给我的瘦哥哥"即可看出。"阿尔的太阳"是诗篇的主导性意象,被置于作品的中心位置,它既是梵高绘画作品中太阳形象的某种实指,更是梵高生命状态与人格魅力的象征性比喻:"其实,你的一只眼睛就可以照亮世界/但你还要使用第三只眼",把"阿尔的太阳"比喻成梵高的"第三只眼",已经是一种理想精神的高度升华,它把梵高生命的价值与意义渲染得庄严辉煌,完全形

瘦哥哥凡·高，凡·高啊[1]

从地下强劲喷出的

火山一样不计后果的

是丝杉和麦田

还是你自己

喷出多余的活命的时间

其实，你的一只眼睛就可以照亮世界

但你还要使用第三只眼，阿尔的太阳

把星空烧成粗糙的河流

---

[1] 凡·高，即梵高。

同日月星辰。这是诗人对于梵高太阳般不断自我燃烧的生命历程的热情礼赞与讴歌，由此凸现出作品深刻、脱俗的人文主义思想。

从此诗可以看出海子身上一以贯之、左右逢源的出色想象力。比如，海子用"把星空烧成粗糙的河流/把土地烧得旋转"这样极具主观想象力的意象来显示"太阳"（"向日葵"）的威力，就给人留下无比鲜明而深刻的印象。然而从某种意义上看，此诗更值得称道的是它的结构感，作品从梵高缺乏"情人"、"春天"、"面包"等匮乏的生存状态写起，为梵高的创作爆发力作了铺垫，随后表现梵高创作"太阳"（也是"向日葵"）的动人景

把土地烧得旋转

举起黄色的痉挛的手,向日葵

邀请一切火中取栗的人

不要再画基督的橄榄园

要画就画橄榄收获

画强暴的一团火

代替天上的老爷子

洗净生命

红头发的哥哥,喝完苦艾酒

你就开始点这把火吧

烧吧

1984.4

阿尔的太阳

象,渲染了梵高潜在的痛苦与激情,结尾进一步召唤燃烧生命的激情("你就开始点这把火吧"),呼应并完成了作品的主题。这三层意思之间顺承自然,衔接紧密,且呈阶梯式的递进关系与态势,然阅读起来感觉流畅自如、浑然天成,令人产生一种一气呵成、酣畅淋漓的审美阅读快感。

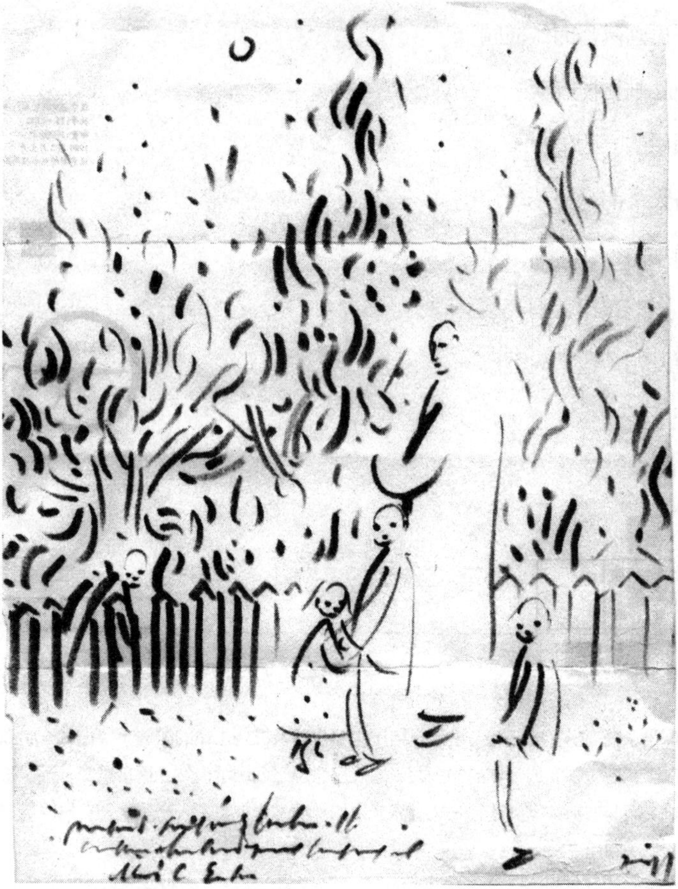

新娘

故乡的小木屋、筷子、一缸清水

和以后许许多多日子

许许多多告别

被你照耀

今天

我什么也不说

让别人去说

让遥远的江上船夫去说

有一盏灯

是河流幽幽的眼睛

新娘

海子身上潜藏着一种"女性崇拜"情结,他对于美丽的女性有着发自内心的亲近、热爱与赞美的情感倾向,因此,海子写得纯粹而动人的抒情诗,绝大多数与美丽的女性和爱情有关,形成了海子抒情诗创作中一种带有个体生命印记的鲜明特征。这首最早以女性为歌吟对象的诗作可算作典型例证。从内容上来看,《新娘》一诗称得上平淡无奇,它无非叙述了"新娘"的告别、"新娘"告别后"我"的心情,以及对女主人公度过蜜月情形的一些猜测。然而从艺术性的角度而言,海子在这首含有叙事成分的抒情短诗中所体现出来的"言说"(表达)技巧,不能不令人为之赞叹。在第一节中,诗人采用"故乡的小木屋、筷子、一缸清水/和以后许许多多日子"被即将远嫁他乡的女主人公"照耀"这种诗意化的表述,明显暗示出"新娘"是一位美丽纯朴的村姑,以及诗人对她暗怀的眷恋和惜别之

闪亮着

这盏灯今天睡在我的屋子里

过完了这个月,我们打开门

一些花开在高高的树上

一些果结在深深的地下

1984.7

情;第二节,诗人又用了"今天/我什么也不说/让别人去说/让遥远的江上船夫去说"这样"欲说还休"的说话方式,将他内心里对那位美丽"新娘"的暗恋情绪渲染得更加深沉;到了第三节,诗人将"一些花开在高高的树上/一些果结在深深的地下"这一组自然意象托出,暗示出远方"新娘"蜜月里的甜蜜与收获,既透露出诗人对她的美好祝福,也透露出诗人内心里微妙的惆怅与失落情绪。作品到此戛然而止,令人回味无穷。从这首短诗的表达技巧上,我们可以真切体会出诗人身上那种泥土般朴实的情感与智慧。

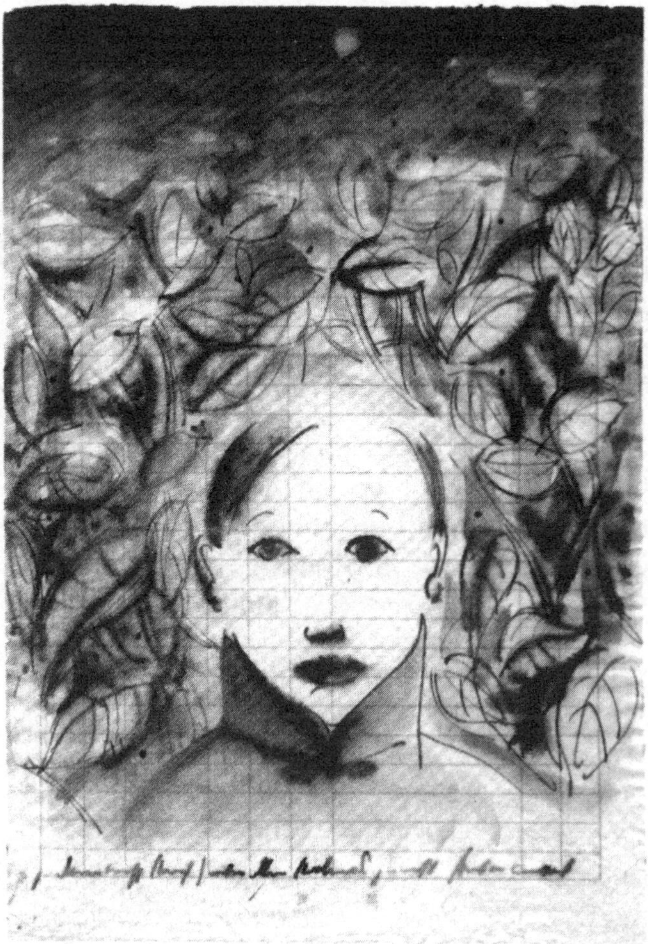

思念前生

庄子在水中洗手

洗完了手，手掌上一片寂静

庄子在水中洗身

身子是一匹布

那布上沾满了

水面上漂来漂去的声音

庄子想混入

凝望月亮的野兽

骨头一寸一寸

在肚脐上下

像树枝一样长着

也许庄子是我

摸一摸树皮

这是一首表达诗人遥远的生命冥想的诗篇。诗人渴望生命达到原始、自然的本真状态，因而热烈追慕与万物齐一的道家代表人物庄子的生命境界，并在深切的缅想中感觉自己的生命恍惚与庄子和而为一，这是标题"思念前生"的真义所在。作品正是围绕着这种思路而逐步展开并层层深入的：先是表现了庄子的洁身自好、清静无为以及生命野性的裸露冲动，随后表现了"我"（前生是庄子）对自己的身体与大自然尚存隔阂的苦恼，最后表达了"我"与大自然融为一体的强烈渴求，由此见出作品构思及结构上的完整性。从艺术性的角度而言，此诗最值得称道的是意象的奇幻动人。比如在第二节中，诗人用"骨头一寸一寸/在肚脐上下/像树枝一样长着"这样充满幻觉性的意象与画面来表现庄子生命的野性

开始对自己的身子

亲切

亲切又苦恼

月亮触到我

仿佛我是光着身子

光着身子

进出

母亲如门，对我轻轻开着

思念前生

冲动，给人一种十分鲜活生动的印象，令人难以忘怀；而结尾处，诗人在叙述自己仿佛是"光着身子进出"时，突然冒出来这么一个令人诧异的意象："母亲如门，对我轻轻开着"，这个如梦似幻、刺目惊神的意象，把诗人由于强烈渴望回归"母体"（大自然）而产生的恍兮惚兮的精神状态揭示得入木三分，在很好地传达作品主题的同时，更给人带来一种阅读上的强烈视觉审美快感。

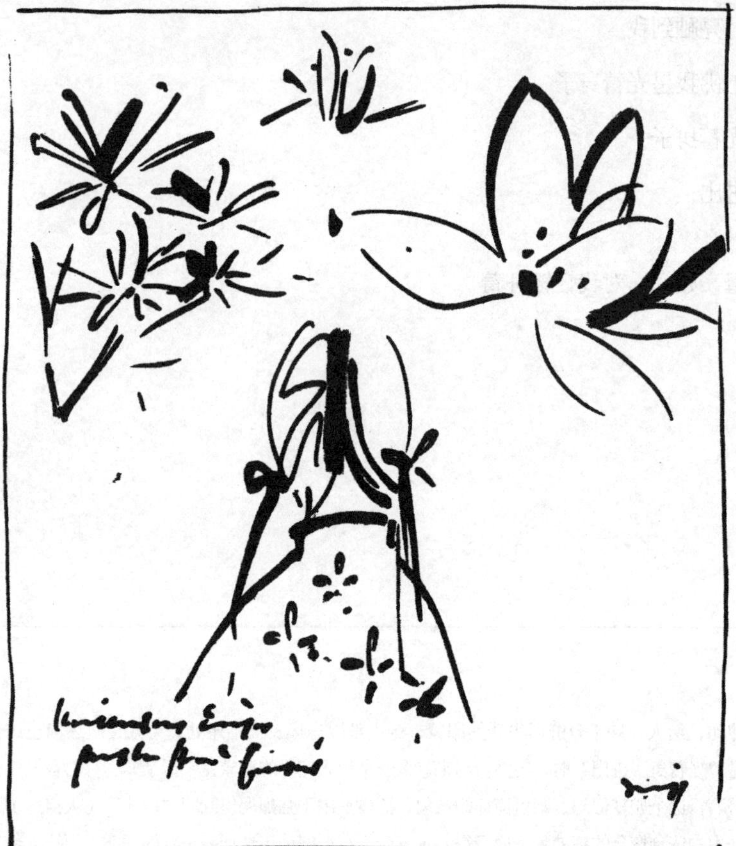

活在珍贵的人间

活在这珍贵的人间

太阳强烈

水波温柔

一层层白云覆盖着

我

踩在青草上

感到自己是彻底干净的黑土块

活在这珍贵的人间

泥土高溅

扑打面颊

活在珍贵的人间

众所周知,海子是位"死亡意识"极其浓重的诗人,他的作品的调子往往比较低沉、压抑,或者相反,呈现出绝望中的亢奋与热烈。然而,我们在海子的这首抒情短诗中,却听到了一种极其稀罕的调子:欢快、明朗。这种欢快、明朗的调子从头至尾地贯穿着整首短诗,与简洁、干净而有力的节奏形成鲜明的对应,将诗人此时此刻溢满身心的幸福感受表达得淋漓尽致。为了突出这种欢快、明朗的调子,诗人有意无意地让自己置身于"太阳"、"白云"、青草"、"泥土"等充满健康气息的大自然的环境里,让人感觉诗人内心赤子般的欢乐与透明。此诗最好的阅读方式是反复吟诵,通过反复的吟诵,诗人对于生命感恩的珍贵思想以及热爱人间的珍贵情感将如美妙动人

活在这珍贵的人间
人类和植物一样幸福
爱情和雨水一样幸福

1985.1.12

的音乐一样不可遏止地征服我们的心灵,使我们在通过这首诗了解到"悲剧诗人"海子精神深处可贵、可喜的一面的同时,也更为真切地感受到了诗歌作为人类灵魂的灯盏所应具有的光明与温暖的力量。

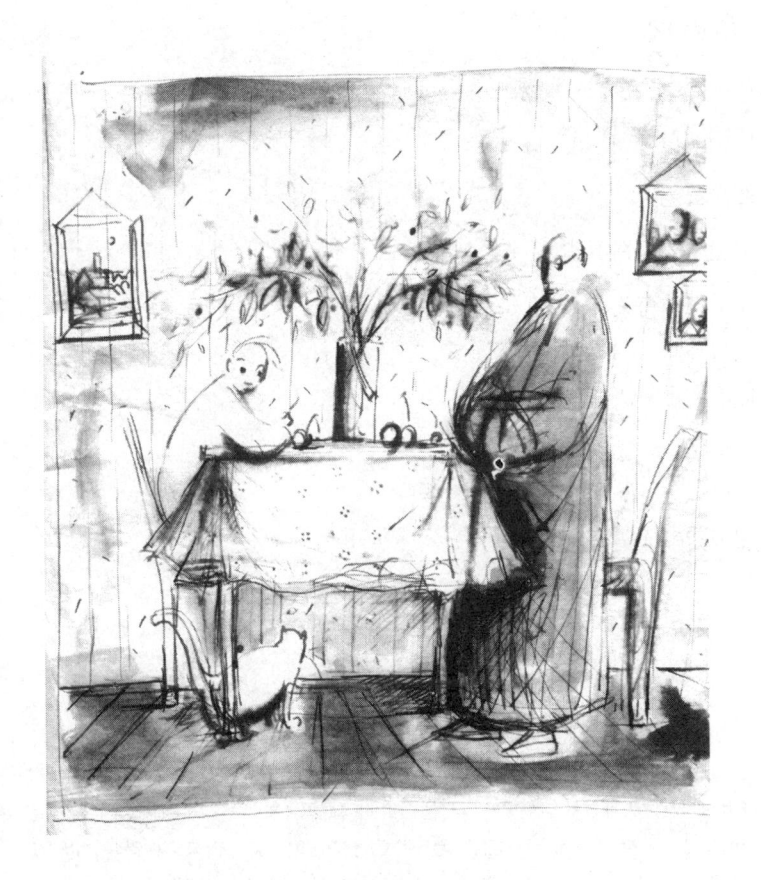

房屋

你在早上

碰落的第一滴露水

肯定和你的爱人有关

你在中午饮马

在一枝青丫下稍立片刻

也和她有关

你在暮色中

坐在屋子里,不动

还是与她有关

你不要不承认

巨日消隐,泥沙相合,狂风奔起

那雨天雨地哭得有情有意

这是一首用诗的方式来表达诗人"爱情哲学"的动人诗篇。诗人海子的"爱情哲学"其实可以用博爱一词加以简洁的概括。当然,海子作品中关爱的对象多为女性,这与海子身上的"女性崇拜"情结有关,也与他自身的阿尼玛(女性气质)有关。因此,这首诗的前半部分选择一个代表女性的"她"作为抒情对象,给人带来某种错觉,以为这个"她"有具体所指。实际上,这个"她"是抽象性的,只代表诗人头脑中"爱"的理念,体现超越个体的"博爱"思想,而诗中的"你"既可能代指"我",更包括一切具有爱的意识与爱的能力的人。因此,作品后半部出现的"爱情房屋"这一明喻式的意象便是对前述思想内涵的自然承接,而"爱情房屋""遮蔽母亲也遮蔽儿子/遮蔽你也遮

而爱情房屋温情地坐着

遮蔽母亲也遮蔽儿子

遮蔽你也遮蔽我

1985

房屋

蔽我"的公开表白,更是充分而典型地显露出作品的"博爱"主题。从作品的主题来体味它的艺术特色,我们就能更加显明地感悟到:这首诗在想象力方面体现出一种颇具神秘意味的"泛神论"(或"唯心主义")色彩,由此使作品免于抽象的说教而具备了不俗的艺术品质。

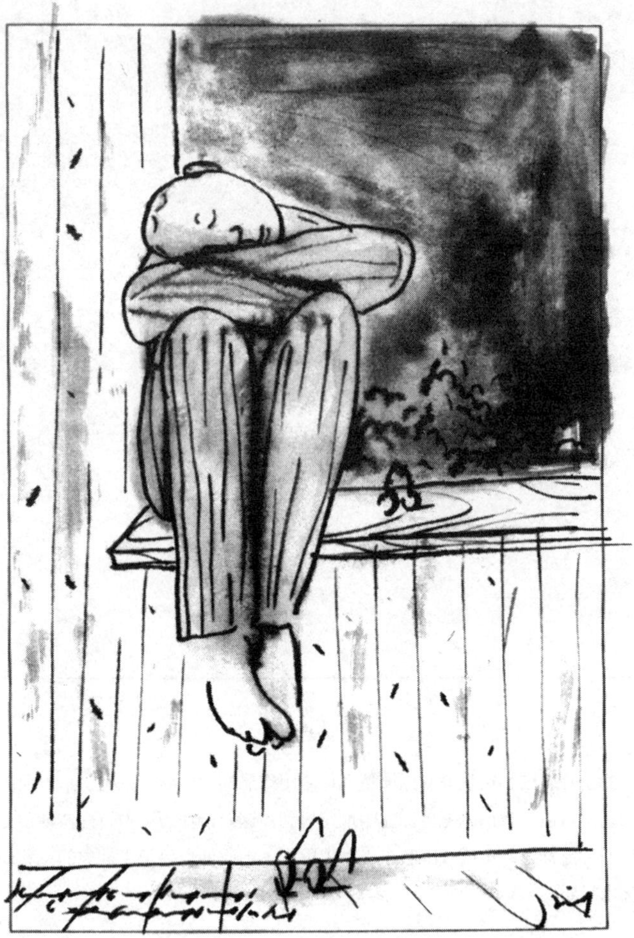

我请求：雨

我请求熄灭

生铁的光，爱人的光和阳光

我请求下雨

我请求

在夜里死去

我请求在早上

你碰见

埋我的人

岁月的尘埃无边

秋天

我请求：

下一场雨

我请求：雨

在人类的全部生存中，理想与现实的冲突是一种永远难以化解与调和的矛盾，从而让人类产生痛苦或绝望的情感体验。理智或现实型的诗人在对待理想遭受挫折这一精神事件时，常常能很好地调整自己的心态，而感性或浪漫型的诗人则往往会由此萌生出极端偏激的情绪，他（她）们不但否定现实，甚至会产生强烈的"死亡冲动"。海子就属于后一类型的诗人。这首诗采取了独白（自白）的表达方式，以沉重的语调叙述诗人拟想（想象）中的死亡场景，每一节诗中"我"所"请求"的死亡场景都将诗人内心的绝望情绪朝前推进了一步，造成了弥漫诗歌全篇的痛苦情感氛围，使读者真切地聆听并感受到了萦绕在诗人灵魂深处的那段吟哦死亡且久久徘徊不去的音乐旋律。

洗清我的骨头

我的眼睛合上
我请求：
雨
雨是一生过错
雨是悲欢离合

1985.3

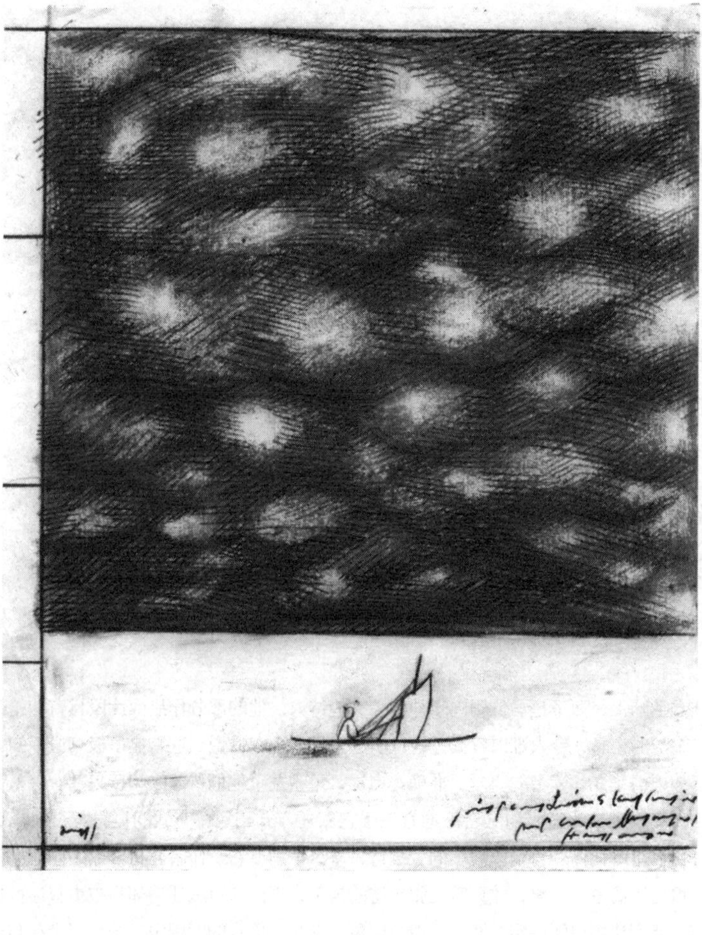

打钟

打钟的声音里皇帝在恋爱

一枝火焰里

皇帝在恋爱

恋爱，印满了红铜兵器的

神秘山谷

又有大鸟扑钟

三丈三尺翅膀

三丈三尺火焰

打钟的声音里皇帝在恋爱

打钟的黄脸汉子

吐了一口鲜血

打钟，打钟

一只神秘生物

在艺术趣味上，海子是一位倾向于神秘主义的诗人。他的部分作品或片段具有神秘、诡异、晦涩的色彩，令人难以解读，较难引起人们的审美愉悦。这首显得极其诡异的《打钟》却赢得了许多读者的喜爱，准确一点说，是激发了他们普遍的阅读兴趣。深入探究一下便可发现，该诗吸引读者的地方在于它叙述方式和意象方式的诡异与奇特。这首《打钟》可以视作一首篇幅短小的叙事诗，从这个角度看，作者应将作品中的故事情节叙述得比较清楚、完整，才算符合叙事诗的规范，然而这首叙述诗却将故事叙述得扑朔迷离，我们从中只能得到这么一个情节印象：在起义群众的围困中，一个皇帝在与一个身份未明的女子苦心恋爱。其它地方便是叙述的"幽暗地带"。比如，诗中"打钟的黄脸汉子"到底是什么人？他"吐了一口鲜血"又表示何意？更关键的是只闻其声，不见

头举黄金王冠

走于大野中央

"我是你爱人

我是你敌人的女儿

我是义军的女首领

对着铜镜

反复梦见火焰"

钟声就是这枝火焰

在众人的包围中

苦心的皇帝在恋爱

1985.5

打钟

其人的女主人公,她对这位苦心恋爱的皇帝到底持何态度?她与皇帝构成的既是"爱人",又是"敌人的女儿"以及"义军的女首领"这一复杂而危险的身份关系到底是怎么得来的?由此形成了叙述的"断裂"与"空白",但也构成了阅读的诱惑,读者可以根据自己的阅读经验(比如对民间传说故事的阅读)和想象力重新构建出一个完整的故事情节与相对清晰的人物关系。

而从另一个角度来看,这个非同寻常的爱情故事的某种程度的晦涩朦胧,是与作品中意象的诡异、奇特紧密相关的。比如"一只神秘生物/头举黄金王冠/走于大野中央"这一意象,我们便不能武断地判定它的具体所指,而这无疑会极大地破坏叙事的明晰效果。

然而"火焰"这一想象奇异的意象却使这首诗获得了艺术结构的完整性,因为"火焰"("钟声"的诗性隐喻)的意象一直贯穿作品的始终,在一种痛苦而热烈的情调中将"苦心的皇帝在恋爱"这一为世俗观念所难以理喻的爱情追求以极其生动而诱人的方式完美地传达了出来,由此构成了《打钟》一诗特殊的思想与艺术魅力。

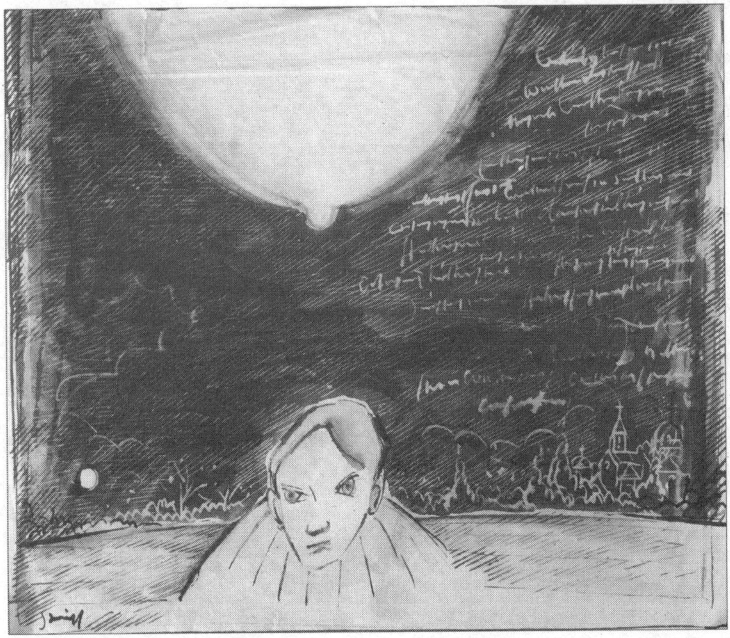

明天醒来我会在哪一只鞋子里

我想我已经够小心翼翼的

我的脚趾正好十个

我的手指正好十个

我生下来时哭几声

我死去时别人又哭

我不声不响地

带来自己这个包袱

尽管我不喜爱自己

但我还是悄悄打开

我在黄昏时坐在地球上

我这样说并不表明晚上

我就不在地球上　早上同样

地球在你屁股下

与海子眷恋土地、热爱生命的理想主义姿态截然相反,海子的灵魂深处潜藏着浓厚的悲剧意识,他对生命的存在常常滋生一种挥之不去的荒诞感与虚无感。

这首诗所传达的就是这么一种思想情绪,从它的标题就可以明显感受到这一点。大致而言,作品的第一节表现了生命的荒诞感,第二节表现了生命的空虚感,第三节、第四节表现了生命的受压抑和被抛弃感,最后一节则表现了生命追求幸福不得而产生的强烈痛苦感。作品的思想内容是丰富、充实的,但这首诗在艺术表达上的特色更值得我们关注。因为在海子为数不少的作品中,表达痛苦情绪的方式往往是极为率直炽热的,极少

结结实实

老不死的地球你好

或者我干脆就是树枝

我以前睡在黑暗的壳里

我的脑袋就是我的边疆

就是一颗梨

在我成形之前

我是知冷知热的白花

或者我的脑袋是一只猫

安放在肩膀上

造我的女主人荷月远去

成群的阳光照着大猫小猫

明天醒来我会在哪一只鞋子里

掩饰,这首诗却在情绪的控制上显出深厚功力,形成了作品平静、节制的叙述方式与叙述风格。比如,在诗篇的开头,诗人如此写道:"我想我已经够小心翼翼的/我的脚趾正好十个/我的手指正好十个/我生下来时哭几声/我死去时别人又哭",以此来表达"我"对自己生命的荒诞与虚无感的真切体验,外表的语气显得漠然与平和,暗含一丝嘲讽,似乎谈论的与己无关,然而潜心品读,却能感受到诗人深藏的内在悲哀。这种表面平静、克制的叙述方式与诗人内在骚动不宁的痛苦生命体验形成的反差,给此诗带来了艺术表达的张力效果,更为有力地突出了作品所要表达的悲剧主题。

我的呼吸

一直在证明

树叶飘飘

我不能放弃幸福

或相反

我以痛苦为生

埋葬半截

来到村口或山上

我盯住人们死看:

呀,生硬的黄土,人丁兴旺

1985.6.6

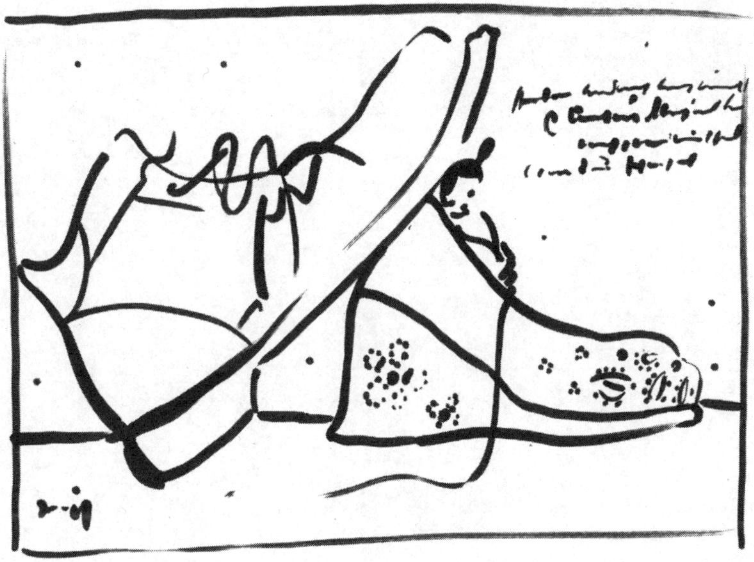

村庄

村庄，在五谷丰盛的村庄，我安顿下来
我顺手摸到的东西越少越好！
珍惜黄昏的村庄，珍惜雨水的村庄
万里无云如同我永恒的悲伤

1986

村庄是大地上最古老的居所，它不仅蔽护着我们的身体，维系着我们的繁衍生息，同时也慰藉着我们的心灵，让我们面对世界和命运的未知而惶惑不安时产生精神上的依托感。尤其在人类进入工业化时代以后，人性普遍异化让许许多多怀有崇高生命理想的人们痛感精神的空虚与危机，从而将目光从城市投向未被污染的乡村与田园，追寻理想的家园。在众所周知的意义上，"村庄"已成为"精神家园"的象征。

"村庄"对于理想主义诗人海子而言更具有生命本体意义上的重要价值，代表了海子最高的生命理想。海子试图把物质与理想、"麦地"和"诗歌"统一起来安置于他的"村庄"，实现他的乌托邦的人生梦想，因而，"村庄"的意象在海子的作品中比比皆是，它

村庄

与"麦地"("麦子")、"河流"、"果园"等意义类似的词语组成了一个稳固的意象系统。这首短诗,以歌唱性的调子表达了诗人对于"村庄"刻骨铭心的情感体验。表面看来,海子对于"村庄"的情感是悲伤、悲观性的,而往深里品味便可发现,这恰恰是由于诗人过于热爱和眷恋"村庄"的缘故。因为过于热爱,诗人痛感自己对于"村庄"无以为报;因为过于眷恋,诗人时常害怕"村庄"的消逝,所以诗人在诗中说道:"我顺手摸到的东西越少越好!"我们可以从诗人独特的情感方式与表达方式里体会到"情感辨证法"的奥妙迷人之处。

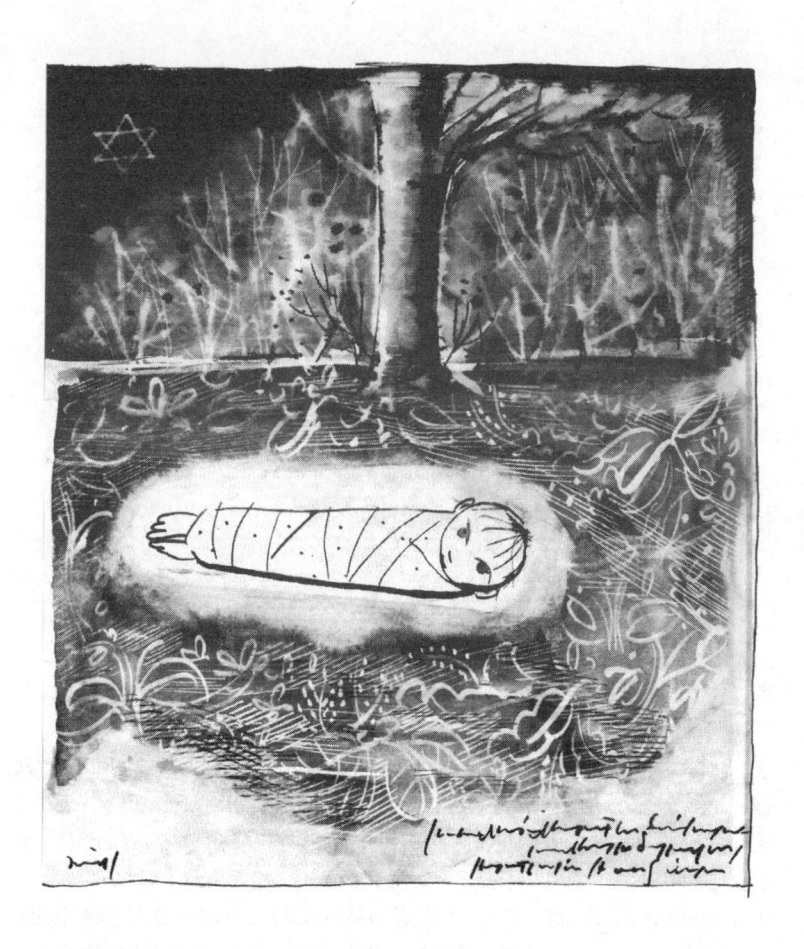

麦地

吃麦子长大的

在月亮下端着大碗

碗内的月亮

和麦子

一直没有声响

和你俩不一样

在歌颂麦地时

我要歌颂月亮

月亮下

连夜种麦的父亲

身上像流动金子

麦地

麦地是我们这个农耕民族的共同生存背景,它维系着我们的个体生命与世代繁衍,因而麦地(麦子)对于我们每个人而言均是恩赐者。在理想主义诗人海子那里,"麦地"(麦子)更具有个人化的特殊意义与价值,它既反映了海子对于土地的挚爱与感恩情怀,更包含着海子在领受土地馈赠基础上力图回报的崇高生命理想。由此,麦地(麦子)在海子诗作中成为出现频率极高的意象词汇,最后凝聚成一个指称海子理想主义(浪漫主义)精神特质的具有个体标志性的意象符号。海子因之还获得了"麦地诗人"的称号。这首标题为"麦地"的诗篇,最为典型地表现了海子身上浓郁的"麦地情结":热爱麦地、感恩麦地、礼赞麦地!

月亮下

有十二只鸟

飞过麦田

有的衔起一颗麦粒

有的则迎风起舞，矢口否认

看麦子时我睡在地里

月亮照我如照一口井

家乡的风

家乡的云

收聚翅膀

睡在我的双肩

麦浪——

天堂的桌子

从内容上看，这首诗叙述了种麦、看麦、割麦的全部过程，但在叙述的过程中，"麦地"（麦子）已经通过诗人情感与想象的过滤，显现出令人心醉神迷的魅人力量！这也就是为什么诗人把种麦、看麦及割麦的全部过程都置于美丽月光（月亮）照耀之下的原因。有了月亮的照耀，诗篇中的每一场景和每种动作都具有了梦幻般的美感，比如，"看麦子时我睡在地里/月亮照我如照一口井"这一意象的设置，在视觉的美感上便具超现实主义绘画的意味。然而该诗的出色之处不仅仅在于表达了诗人对于"麦地"的审美情感体验，更在于它传达出了诗人对于"麦地"不可或缺的实用价值的思想认识："我们是麦地的心上人/收麦这天我和仇人/握手言和"，正是认识了"麦地"（"粮食"的象征）对于我们这个农

摆在田野上

一块麦地

收割季节

麦浪和月光

洗着快镰刀

月亮知道我

有时比泥土还要累

而羞涩的情人

眼前晃动着

麦秸

麦地

耕民族母亲一般的哺养作用，在作品的结尾部分，诗人才将"麦地"的领域扩展到"尼罗河、巴比伦或黄河"的广阔领域，并以寓言性的方式说自己与"纽约和耶路撒冷"这两个"穷人和富人""一同梦到了城市外面的麦地"，从而将"麦地"的价值与作用提升到了人类性的高度，形象生动地凸现了"麦地"的深刻内涵。

我们是麦地的心上人

收麦这天我和仇人

握手言和

我们一起干完活

合上眼睛,命中注定的一切

此刻我们心满意足地接受

妻子们兴奋地

不停用白围裙

擦手

这时正当月光普照大地。

我们各自领着

尼罗河、巴比伦或黄河

的孩子　在河流两岸

在群蜂飞舞的岛屿或平原

洗了手

准备吃饭

就让我这样把你们包括进来吧

让我这样说

月亮并不忧伤

月亮下

一共有两个人

穷人和富人

纽约和耶路撒冷

还有我

我们三个人

一同梦到了城市外面的麦地

白杨树围住的

健康的麦地

健康的麦子

养我性命的妻子!

1985.6

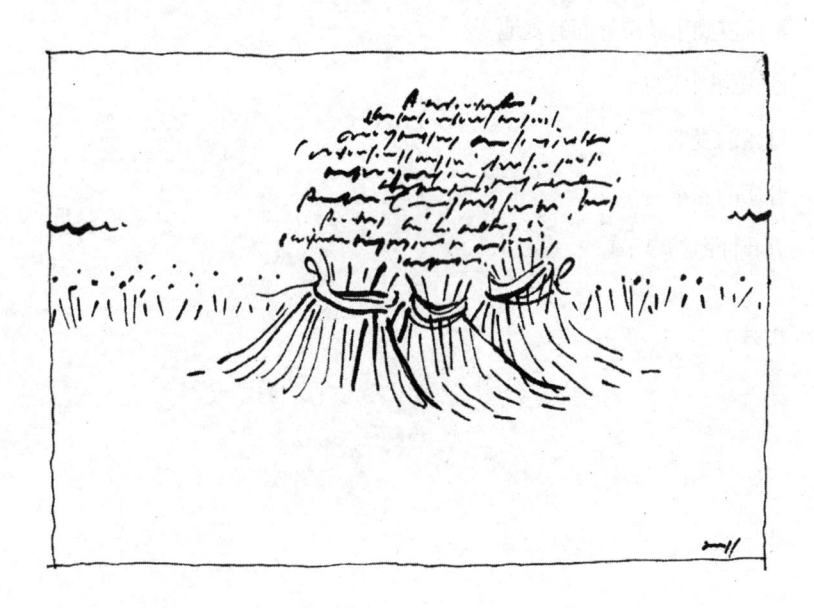

在昌平的孤独

孤独是一只鱼筐

是鱼筐中的泉水

放在泉水中

孤独是泉水中睡着的鹿王

梦见的猎鹿人

就是那用鱼筐提水的人

以及其他的孤独

是柏木之舟中的两个儿子

和所有女儿,围着诗经桑麻沅湘木叶

在爱情中失败,

他们是鱼筐中的火苗

沉到水底

在昌平的孤独

孤独是海子基本的生命状态,这跟他比较孤僻内向的性格有关,也跟他的生活方式、生活环境有关。海子大学毕业后被分配到京郊昌平教书,平时与外界少有来往,而他的诗歌创作与诗歌抱负在当时又很难得到人们的认可和理解,这种情形使海子陷入了自我封闭的孤独状态。这首诗取名为《在昌平的孤独》,就是对海子当时情绪与精神状态的真实记录。当然,普通人的孤独经验与一位诗人的孤独经验是存在差异的,这种差异便是诗人会在内心里将他的孤独经验转换成一系列的审美意象,进行美学意义上的升华,而普通人缺乏将孤独体验进行审美升华的冲动与能力。在这首表现孤独体验的短诗中,诗人设置了"鱼筐"这一核心意象来传达生命的空虚之感("鱼筐"盛不下生命的泉水),围绕着"鱼

拉到岸上还是一只鱼筐

孤独不可言说

1986

筐"这一核心意象，诗人又设置了"鹿王"、"猎鹿人"、"儿子"、"女儿"、"火苗"等派生性的意象，分别表现了理想抱负的超越世俗（含有自恋成分），现实生活中爱情的挫折与心灵痛苦等情感内容。尽管诗篇中的意象比较奇诡，要想全部弄明白它的含义存在一定难度，但诗人巧妙地运用了重复、渲染的手法，给作品创造了整体的孤独情绪的氛围，达到了感染读者的效果。

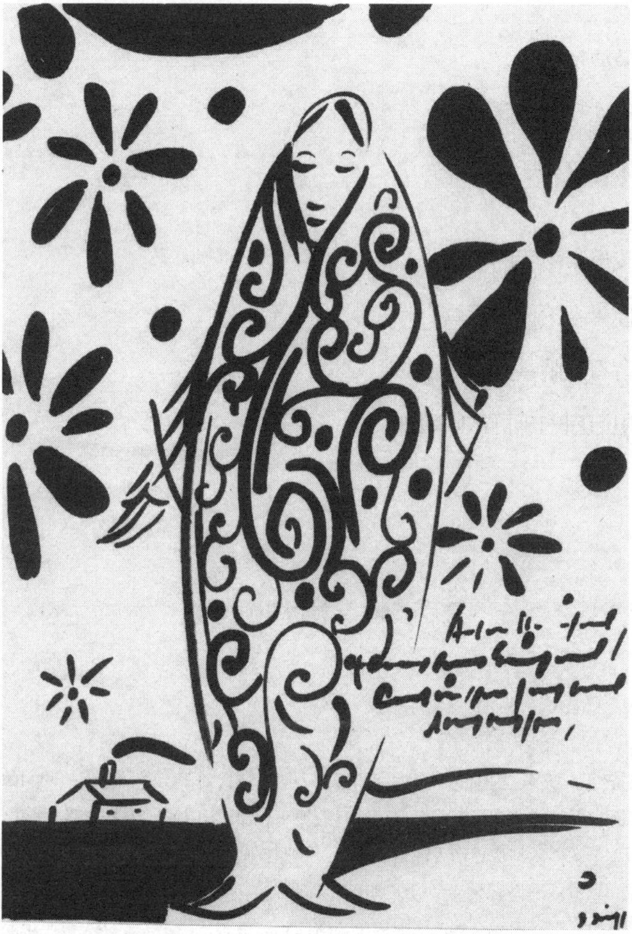

幸福（或我的女儿叫波兰）[1]

当我俩同在草原晒黑
是否饮下这最初的幸福　最初的吻

当云朵清楚极了
听得见你我嘴唇
这两朵神秘火焰

这是我母亲给我的嘴唇
这是你母亲给你的嘴唇
我们合着眼睛共同啜饮
像万里洁白的羊群共同啜饮

---

[1] 海子喜欢"波兰"一词，"女儿叫波兰"并无特别所指。

这首诗描绘了恋爱过程中的一个瞬间场景，表达了诗人对于恋爱神秘而美妙的体验。从诗的副标题来看，这个恋爱瞬间场景可能是拟想（想象）出来的。从审美鉴赏角度而论，此诗有两大艺术特色与优点引人注目：其一，心理刻画细腻、传神。诗人如此描写他与恋人接吻前的感觉："当云朵清楚极了/听得见你我嘴唇/这两朵神秘火焰"，就极为生动地把自己内心的紧张、甜蜜、骚动、渴望等情绪体验完全表达出来，而诗人进一步的"恋爱自白"："这是我母亲给我的嘴唇/这是你母亲给你的嘴唇"，则以表面朴素直白的方式将诗人内心对于爱的感恩、惊奇、喜悦等神秘情感体验表达得淋漓尽致，令人称奇叫绝，难以忘怀。其二，想象优美。诗人是这样描写他与恋人接吻时的幻想场景："我们合着眼睛共同啜饮/像万里洁白的羊群啜饮"，用辽阔草原上羊羔们互碰头脸的亲热举动来暗喻"我

当我睁开双眼

你头发散乱

乳房像黎明的两只月亮

在有太阳的弯曲的木头上

晾干你美如黑夜的头发

1986（？）

幸福

们"之间的接吻行为，便将我们之间亲热行为的的纯洁无邪渲染得赏心悦目，仿佛被置于圣境一般，而诗人对恋人形象的刻画，比如"乳房像黎明的两只月亮"，"美如黑夜的头发"，都有大自然一般绚丽迷人的想象贯注其中，令人过目难忘，印象深刻，使读者禁不住要与诗人共同分享那种生命中珍贵的"幸福"感受。

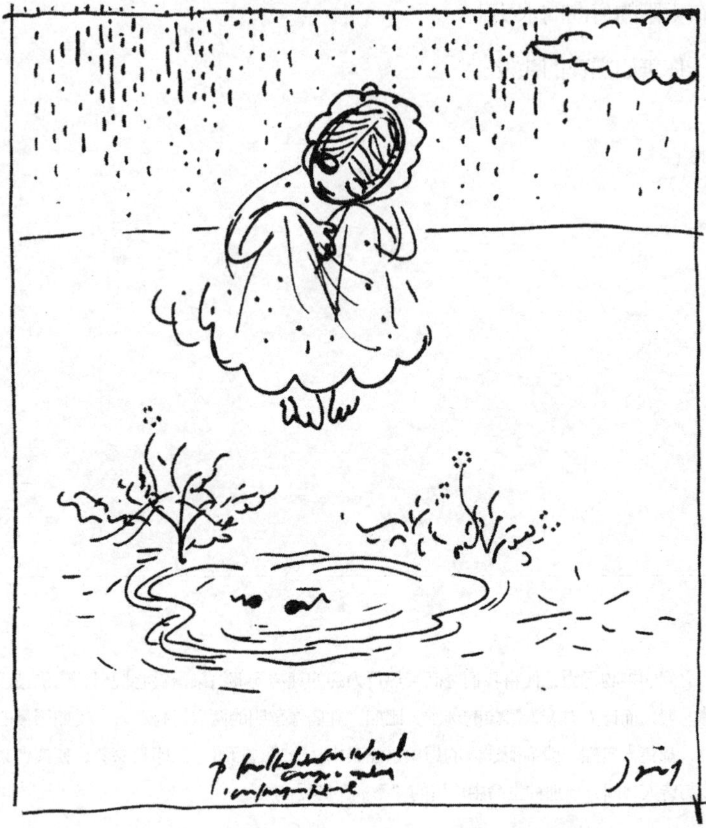

八月尾

既使我是一个粗枝大叶的人

我也看见了红豹子、绿豹子

当流水淙淙

八月的泉水

穿越了山岗

月亮是红豹子

树林是绿豹子

少女是你们俩

生下的花豹子

即使我是一个粗枝大叶的人

少女，树林中

你也藏不住了

八月尾

热爱大自然的诗人通常都有一双鉴赏大自然缤纷色彩的敏锐的眼睛，海子就具备一双对于色彩有着画家般敏锐发现与识别能力的眼睛。从内容上看，这首诗是表现诗人对置身于大自然环境中一位美丽结实的少女的赞美之情，与诗人身上一贯存有的"女性崇拜"情结相契合。不过这首诗值得注意的地方更在于诗人对于事物色彩的非凡观察与想象能力。在诗人眼里，"月亮是红豹子"，"树林是绿豹子"，而"少女"是它们俩"生下的花豹子。"在此，月亮的红、树林的绿、少女的花既包含着诗人敏锐的观察与感受，同时也显示出诗人充满主观色彩的大胆想象，充分暴露出诗人内心里对于那位"脊背上挂着鹌鹑"的美丽少女所怀有的一种隐秘而健康的情欲。整首作品画面感强，色彩鲜明、清新，人物突出，极具绘画效果，给人留下生动、难忘的视觉印象，带给读者以美的享受。

八月尾，树林绿，月亮红

不久我将看到树叶落了

栗树底下

脊背上挂着鹌鹑的人

少女，无论如何

粗枝大叶的人

看见你啦

1986.8.20夜

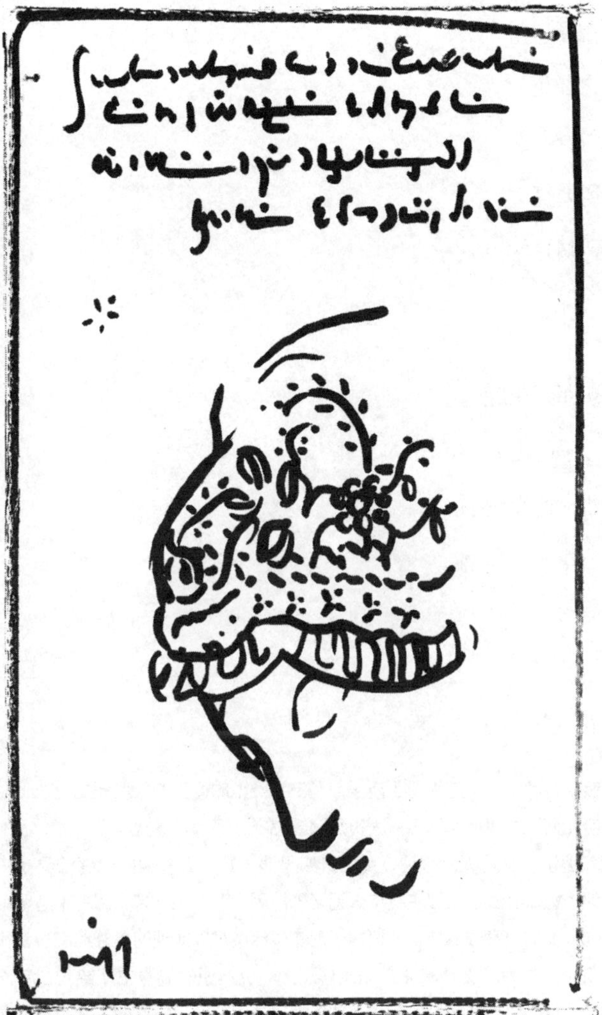

感动

早晨是一只花鹿

踩到我额上

世界多么好

山洞里的野花

顺着我的身子

一直烧到天亮

一直烧到洞外

世界多么好

而夜晚,那只花鹿

的主人,早已走入

土地深处,背靠树根

在转移一些

在很大程度上,考验一个诗人是否属于浪漫主义类型的诗人的尺度便是看他(她)对于大自然的态度如何。如果他(她)对大自然缺乏感觉,甚或是熟视无睹,那么他(她)必定不能归属到浪漫主义诗人的行列;反之,如果他(她)对于大自然感觉灵敏并且充满热情,那么他(她)必属于浪漫主义诗人无疑了。因为浪漫主义诗人都有不满现实、回归大自然的倾向,他们自觉或不自觉地把自己现实生活中难以实现的美好理想与美好感情转移到大自然身上。作为20世纪80年代中国诗坛上一位典型的浪漫主义诗人,海子对于大自然有着异乎寻常的热烈情感,这首《感动》就是诗人献给大自然的一曲心灵颂歌。作品表达了诗人对于野花盛开的美丽景象的内心感受,这种感受的力度与强度远远超出于常人之上。诗人把早晨比作"一只花鹿",并用"踩到我的额上"这个幻觉性的动作意象来表达

你根本无法看见的幸福

野花从地下

一直烧到地面

野花烧到你脸上

把你烧伤

世界多么好

早晨是山洞中

一只踩人的花鹿

1986

感动

他对于这个美丽早晨的喜悦之情,显得结实而有力;诗人又选了"烧"这个动词意象来表现美丽野花四处蔓延、迎风招展的动人景象,将诗人内心里烈焰一般不可遏止的热情感受,表现得更为准确、生动、鲜活,使我们不由得随着诗人内心里腾起的情感烈焰一起愉快地燃烧起来,并且面对我们生命中每一个美丽的早晨,情不自禁地发出一声赞叹:"世界多么好!"

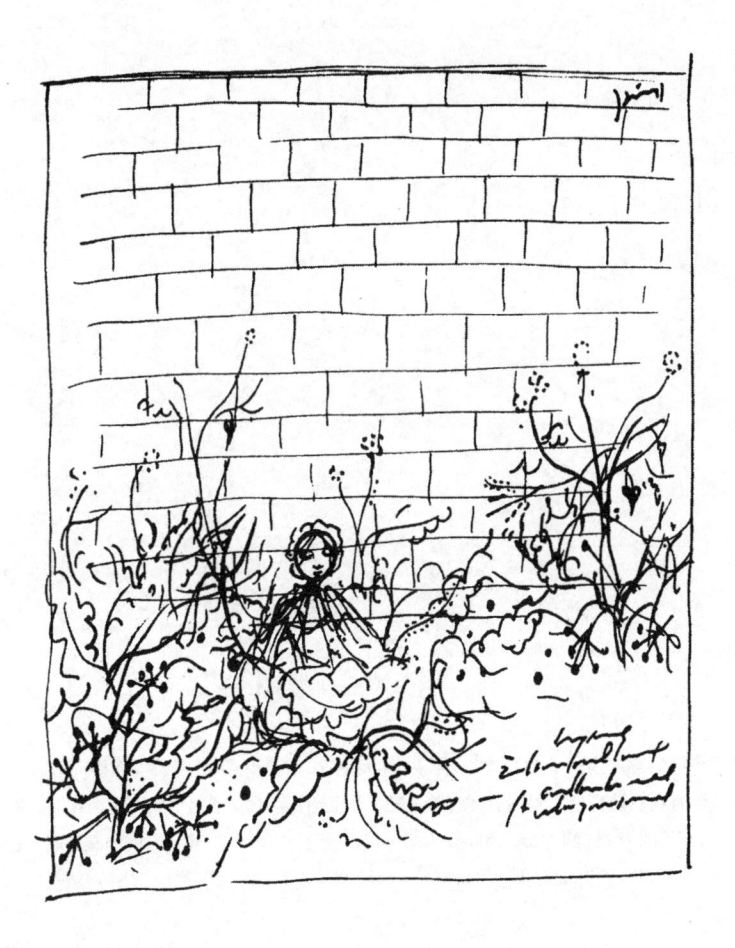

肉体（之一）

在甜蜜果仓中

一枚松鼠肉体般甜蜜的雨水

穿越了天空　蓝色

的羽翼

光芒四射

并且在我的肉体中

停顿了片刻

落到我的床脚

在我手能摸到的地方

床脚变成果园温暖的树桩

肉体（之一）

有不少人这样认为：艺术的产生源于身体表达的内在而强烈的需要。这种观点用于抒情性强烈的艺术门类（比如舞蹈）是站得住脚的，在抒情诗领域也是如此。海子本人曾经说过："抒情就是血"。这种极其感性化的表达就揭示出了抒情诗的写作与身体感受之间的亲密关系。在这首抒情短诗里，诗人通过艺术化的言说方式表达出自己对于肉体的喜悦之情。这首诗在艺术价值上有两点值得提出：其一，敏锐细腻的艺术感觉。诗人从一滴普通的雨水中品味出了"松鼠肉体般甜蜜"的滋味，并且两次强调这雨水"在我的肉体中停顿了片刻"来强化自身肉体的甜蜜感与幸福感，令人印象深刻；其二，飘逸动人的想象力。在诗人的想象中，这滴从天上掉落的雨水形如"蓝色的羽翼"且"光芒四射"，这种视觉幻想分外优美、飘逸。而且，诗人还进一步发挥自己不凡的想象力，写到雨滴落到谷仓中

它们抬起我

在一只飞越山梁的大鸟

我看见了自己

一枚松鼠肉体

般甜蜜的雨水

在我的肉体中停顿

了片刻

1986.6

"我"的床脚前时,"床脚变成果园温暖的树桩",并且"抬起我"在空中飞翔,迎接着空中的飞鸟与雨滴这些美丽、自由的事物,让读者也产生了飘飘欲飞的感觉。因而严格说来,这首作品所显示出来的诗人身上优异的艺术感觉是第一位的,正是由于这种优异的艺术感觉催生出了诗人优异的想象力,并最终使两者达到了水乳交融的状态。

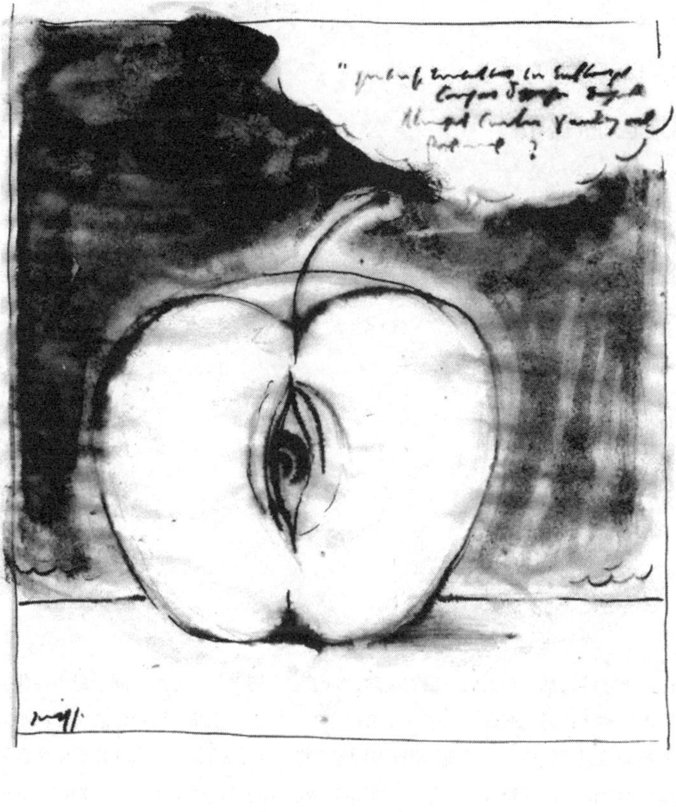

肉体（之二）

肉体美丽

肉体是树林中

唯一活着的肉体

肉体美丽

肉体，远离其他的财宝

远离其他的神秘兄弟

肉体独自站立

看见了鸟和鱼

肉体睡在河水两岸

雨和森林的新娘

睡在河水两岸

也许任何天才诗人都存在人格分裂的倾向，海子也不例外。一方面，海子身上存在浓厚的悲观厌世的情绪；另一方面，海子又非常眷恋和珍惜他的生命。这首诗表现了海子对于生命无限热爱的思想感情，并且流露出"肉体崇拜"意识的萌芽。诗人在作品中多次流露出"肉体美丽"的自白式赞叹，就是一种明显的例证。与《肉体》（之一）相比，这首诗在艺术表现技巧上有两点值得指出：第一点是，意象散乱，线索集中。作品叙述了肉体在大地上的漫游及各种场景与场景之间的转换自由，随意且散漫，但诗人每隔不久就对肉体的形象作一次总结："肉体美丽"。这种总结或评语性的意象从头至尾贯穿全篇，从而使整首诗做到了形散而神不散，显示出结构上的完整性；第二点是，善于对日常事物进行陌生化处理。这首诗本意要表达诗人对于人类身体（尤其是美丽迷人的女性身体）的感受和印

垂着谷子的大地上

太阳和肉体

一升一落,照耀四方

像寂静的

节日的

财宝和村庄

照耀

只有肉体美丽

野花,太阳明亮的女儿

河川和忧愁的妻子

感激肉体来临

感激灵魂有所附丽

肉体(之二)

象,但诗人偏不采用代表性的"她"或"他"来叙述,而直接用肉体这一极具"动物性"意味的名词来作表现对象,给读者强有力的视觉刺激,引导读者顺着诗人的意图以一种原始的动物性的眼光重新审视人类赤裸的身体,获得一种意想不到的审美印象与审美快感。

（肉体是野花的琴

盖住骨骼的酒杯）

感激我自己沉重的骨骼

也能做梦

肉体是河流的梦

肉体看见了采茴香的人迎着泉水

肉体美丽

肉体是树林中

唯一活着的肉体

死在树林里

迎着墓地

肉体美丽

1986

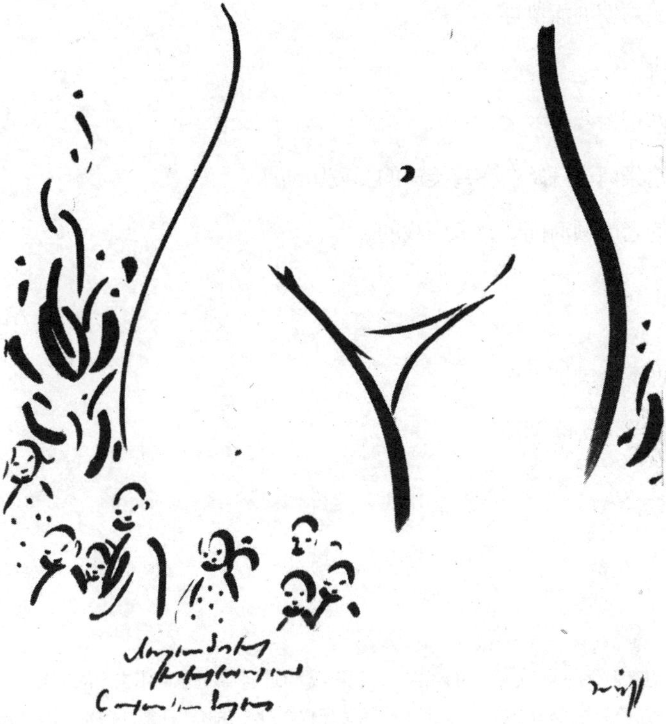

死亡之诗（之一）

漆黑的夜里有一种笑声笑断我坟墓的木板

你可知道，这是一片埋葬老虎的土地

正当水面上渡过一只火红的老虎

你的笑声使河流漂浮

的老虎

断了两根骨头

正在这条河流开始在存有笑声的黑夜里结冰

断腿的老虎顺河而下，来到我的

窗前

一块埋葬老虎的木板

被一种笑声笑断两截

作为一名悲剧性的诗人，海子的死亡意识已经成为他内心深处驱除不去的浓重阴影。海子写过数量不少的"死亡诗篇"，但这一首《死亡之诗》并非"标准"意义上的"死亡诗篇"，进一步说，它是一首反对死亡的诗篇！

这首诗意象奇诡、神秘，要弄懂作品真正的思想内涵，必须解读出"你"、"我"、"老虎"这三者各自的具体含义及三者之间复杂的内在联系。在诗篇中，"我"是核心的形象，代表诗人的"本我"或"自我"，而"老虎"则是"我"的另一种"自我形象"，它代表着"我"强大的"死亡意志"。作品开头把"我坟墓的木板"与"一片埋葬老虎的土地"这两个意象并置在一起，暗示"我"与"老虎"是合二为一的，结尾处"一块埋葬

死亡之诗（之一）

老虎的木板"这一意象的表述更与开头"我坟墓的木板"这种意象设置叠合在一起，由此明确显示"老虎"代表"我"的"死亡意志"或"死亡冲动"，"我"与"老虎"呈呼应关系，这构成了作品主题的一个方面。现在更重要的问题在于，"你"到底代表什么？"你"与"我"和"老虎"构成什么关系？通过对作品语境的深入考察，我们发现，"你"既可当作诗人倾诉的一个对象（读者），更大的可能是代表"我"的另一个化身，可以称之为"潜我"，代表了诗人潜意识中的"生之意志"与"生之冲动"。因此在作品中，这个你发出一种笑声，"笑断我坟墓的木板"，并且最终把它"笑成两截"，由此有力地凸现出反对死亡的主题。综上所述，"你"与"我"和"老虎"构成了一种强烈的内在冲突，并给这首"死亡诗篇"带来了某种生之亮丽与希望的色彩。

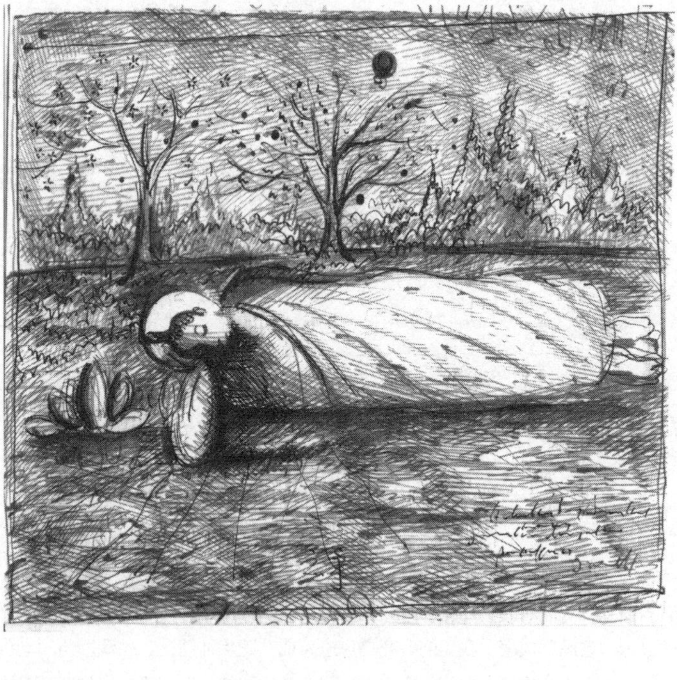

死亡之诗（之二：采摘葵花） ——给凡·高的小叙事：自杀过程

雨夜偷牛的人

爬进了我的窗户

在我做梦的身子上

采摘葵花

我仍在沉睡

在我睡梦的身子上

开放了彩色的葵花

那双采摘的手

仍像葵花田中

美丽笨拙的鸽子

雨夜偷牛的人

把我从人类

死亡之诗（之二：采摘葵花）

在海子所写下的"死亡诗篇"之中，这一首最具有诡秘迷人的色彩。从该诗的副标题可以明白诗人要表现自己的"自杀过程"，然而初读此诗仍然颇令人费解，对诗人究竟在表达什么，读者不免会产生疑惑。干扰人们解读此诗的关键问题在于：诗中的"雨夜偷牛的人"到底是喻指什么？"我"身上开放的"葵花"有何含义？这些极具个体化意味的意象形成了解读此诗最大的障碍。

其实，诗人在诗中所表现的"自杀过程"都是虚拟性（想象性）的，因此我们应从超现实的层面来解读这首诗。与海子的"死亡诗篇"通常运用超现实主义意象一样，这首诗完全采用超现实主义的手法写成。"雨夜偷牛的人"实际上是暗喻"死神"，也即把"死神"

身体中偷走

我仍在沉睡

我被带到身体之外

葵花之外,我是世界上

第一头母牛(死的皇后)

我觉得自己很美

我仍在沉睡

雨夜偷牛的人

于是非常高兴

自己变成了另外的彩色母牛

在我的身体中

兴高采烈地奔跑

拟人化了;"我"身上彩色的葵花"象征"我"的理想精神,而"我"的"身子"则代表"我"的肉体与物质存在,这两者呈对立关系;而"母牛"代表"沉睡"的肉体(身体),是死的最直观的形象。因而,诗人叙述"雨夜偷牛的人"采摘"我"身子上的"葵花",并且"把我从人类/身体中偷走"这一超现实的"自杀场景",实际上暗示着诗人用理想战胜物质、用精神否弃肉体(身体)的理想主义者的"自杀(死亡)"理念。由此,我们能明白,为什么诗人"被带到身体之外"仍然"觉得自己很美",因为那只是"我"的"肉体之死",而非精神或灵魂之死。

死亡之诗（之二：采摘葵花）

这首反映诗人"自杀过程"的诗篇叙述清晰流畅，想象诡异优美，情调轻松幽默，极富审美情趣。当然，由于诗人在设置意象时个人色彩太浓，有些地方（比如结尾一节）就只好主观臆测了。

给萨福

美丽如同花园的女诗人们

相互热爱,坐在谷仓中

用一只嘴唇摘取另一只嘴唇

我听见青年中时时传言道:萨福

一只失群的

钥匙下的绿鹅

一样的名字。盖住

我的杯子

托斯卡尔的美丽的女儿

草药和黎明的女儿

执杯者的女儿

给萨福

萨福是古希腊时代的一位女诗人,不仅才华横溢,而且具有绝世的美貌,相传还是一群少女的精神领袖。无疑,在诗人海子的心目中,萨福是"美"和"爱"的双重化身。从海子在作品中对于萨福的"美"和"爱"以及她的"诗歌"的热烈赞美,我们能够明显判断出诗作的主题意向。毫无疑问,此诗是通过对以萨福为象征的"美"和"爱"的渴望与召唤,表达了诗人理想主义的生命追求。

与海子的许多优秀抒情诗一样,这首诗也同样显示出了海子出色、丰富的艺术想象力。然而从形式美的角度来看,这首诗在"绘画美"方面的表现是令人瞩目的。大致说来,

你野花

的名字

就像蓝色冰块上

淡蓝色的清水溢出

萨福萨福

红色的云缠在头上

嘴唇染红了每一片飞过的鸟儿

你散着身体香味的

鞋带被风吹断

在泥土里

谷色中嘤嘤之声

萨福萨福

亲我一下

这首诗的"绘画美"体现在两点上：其一，造型美。比如，诗人如此刻画萨福的绝世美貌："萨福萨福/红色的云缠在头上/嘴唇染红了每一片飞过的鸟儿/你散发着身体香味的/鞋带被风吹断在泥土里"，完全能够让人在头脑中勾勒出一幅动人的人物肖像画：一位长得女神般美丽绝伦的女子站在蓝天下，一头火红的头发如丝带在飘动，嘴唇鲜红饱满，一只鸟儿从她面前掠过，她裸着一双好看的赤足，身后不远处有一双鞋带松开的漂亮的布鞋……由此可见诗人以想象和语言为"材料"的出色"造型"能力。其二，色彩美。诗人在表现萨福名字的动人时，构思了这么一个画面："你野花/的名字/就像蓝色冰

你装饰额角的诗歌何其甘美

你凋零的棺木像一盘美丽的

棋局

给萨福

块上/淡蓝色的清水溢出",用蓝颜色的色调来表现对一个名字的联想,包含着无限的美丽、清新、纯洁的感觉。此外,围绕着萨福的美丽形象,诗中出现了"绿"、"蓝"、"红"等色彩意象。总之,《给萨福》一诗画面清新,色彩鲜明,具有强烈的视觉美感效果。

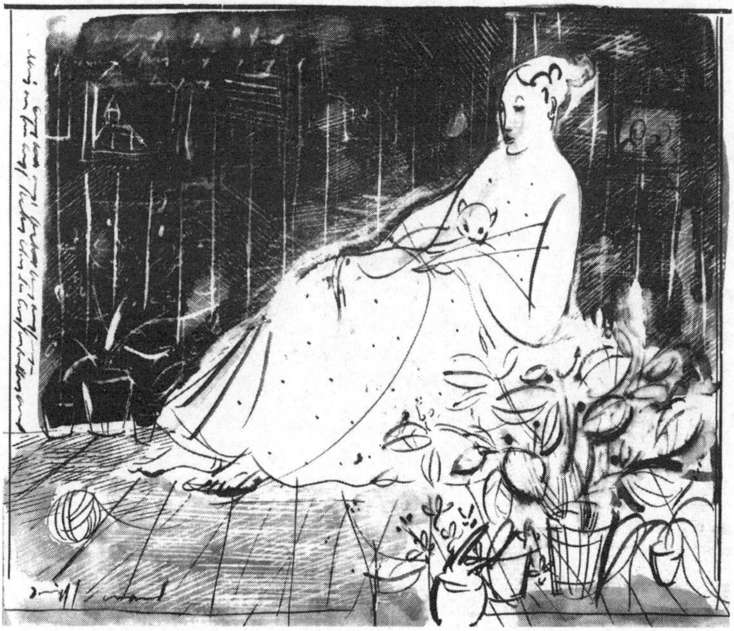

梭罗这人有脑子

1

梭罗这人有脑子

像鱼有水、鸟有翅

云彩有天空

2

好在这人不是女性

否则会有一对

洁白的冬熊

摇摇晃晃上路

靠近他乳房

凑上嘴唇

梭罗这人有脑子

一个成功的诗人总是要通过作品来建构他（她）自身的形象。海子在其作品中流露出来的通常都是一副神情痛苦或忧伤的浪漫主义抒情诗人的形象，因为他在作品中往往采用倾诉或吟唱的调子来抒发内心压抑的情感。我们在海子的这首诗中却读出了一个非常幽默的诗人形象，这种幽默形象在海子的其他作品中几乎不见踪影，因此是极为罕见的！

梭罗是闻名遐迩的《瓦尔登湖》的作者，海子对这位"自然之子"的生活方式与生命理想极其欣赏与推崇，海子在自杀前随身携带的几本书中，其中有一本就是梭罗的《瓦尔登湖》。按照常理来讲，海子写有关梭罗的诗篇，通常会采用赞美或庄重的口吻，然而在这首对梭罗作全面评价的作品中，我们不无惊讶地发现，海子通篇都采用幽默、诙谐乃至调

3

梭罗这人有脑子

梭罗手头没有别的

抓住了一根棒木

那木棍揍了我

狠狠揍了我

像春天揍了我

4

梭罗这人有脑子

看见湖泊就高兴

5

梭罗这人有脑子

用鸟巢做邮筒

侃的语调在说话(我们从标题就能感受出这一点),从而给作品带来一种崭新的审美情趣。比如在作品第六小节,诗人揭示梭罗住房的简陋和生命的孤独状态,如此写道:"梭罗这人有脑子/不言不语让东窗天亮西窗天黑/其实他哪有窗子/梭罗这人有脑子/不言不语做男人又做女人/其实生下的孩子还是他自己",诗人故意说话绕来绕去,还不惜采用俚言俗语,使作品产生浓厚的幽默、诙谐趣味。全诗分成十二小节,对梭罗的日常生活,周围环境乃至他的外貌与性情作了"全景"式的艺术(意象化)描绘,幽默的语调贯穿诗篇的始终。当然,诗人对梭罗表面的调侃并不能掩饰他内心对梭罗本人的尊崇,"梭罗的盔——一卷荷马"这个意象就充分表明诗人对梭罗的博大精深无比推崇,而"梭罗这人就是/我的

两封信同时飞到

还生下许多小信

羽毛翩跹

6

梭罗这人有脑子

不言不语让东窗天亮西窗天黑

其实他哪有窗子

梭罗这人有脑子

不言不语又做男人又做女人

其实生下的儿子还是他自己

梭罗这人有脑子

云彩"这句自白更表明了诗人对于梭罗人格的倾慕！不过，从阅读与欣赏的角度来看，海子这首诗中流露出来的幽默、诙谐的气质与性情，既丰富了诗人的自我形象，也给作品本身带来了别样的艺术魅力。

7
灯火的屋中
梭罗的盔
—— 一卷荷马

这人有脑子
以雪代马
渡我过水

8
梭罗这人有脑子
月亮照着他的鼻子

9
那抒情的鼻子
靠近他的脑子
靠近他深如树林的眼睛
靠近他饮水的唇
　　（愿饮得更深）

构成脑袋
或者叫头

10

白天和黑夜

像一白一黑

两只寂静的猫

睡在你肩头

你倒在林间路途上

让床在木屋中生病

梭罗这人有脑子

让野花结成果子

11

梭罗这人有脑子

像鱼有水、鸟有翅

云彩有天空

梭罗这人就是

我的云彩,四方邻国

的云彩,安静

在豆田之西

我的草帽上

12

太阳,我种的

豆子,凑上嘴唇

我放水过河

梭罗这人有脑子

梭罗的盔

——一卷荷马

1986.8.15

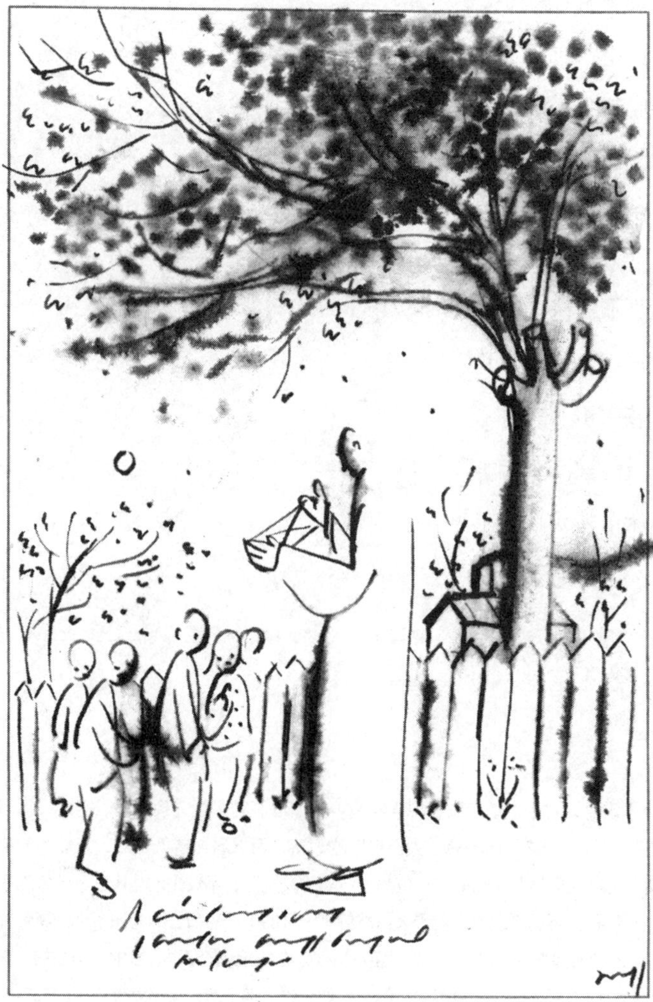

大自然

让我来告诉你

她是一位美丽结实的女子

蓝色小鱼是她的水罐

也是她脱下的服装

她会用肉体爱你

在民歌中久久地爱你

你上上下下瞧着

你有时摸到了她的身子

你坐在圆木头上亲她

每一片木叶都是她的嘴唇

但你看不见她

你仍然看不见她

她仍在远处爱着你

海子出生于农村,对于土地和田园风光存有一种血缘般的亲近关系,显示出诗人"自然之子"的性情与气质。这首标题为"大自然"的短诗,可以看作诗人热爱大自然的"诗性宣言"。诗人把"大自然"比喻成"一位美丽结实的女子",不仅生动地传达了诗人对于大自然的热爱与倾慕,还透露出诗人对于大自然近乎崇拜的美好感情,因为海子一向崇拜纯洁美丽的女性,而现在他把大自然比喻成美丽可爱的女性,可见在海子心目中,美丽的大自然与美丽可爱的女性这两种形象是合二为一的。在作品中,那个拟人化(女性化)的大自然,显得十分顽皮可爱,她仿佛在与诗人的初恋过程中玩一种捉迷藏的游戏——"但你看不见她/你仍然看不见她/她仍在远处爱着你",从而惹得诗人对她萌生更多的怜爱。这个大自然由于在诗人笔下具有那么浓郁、亲切的人情味,从而也极大地激发了读者的情感共鸣。

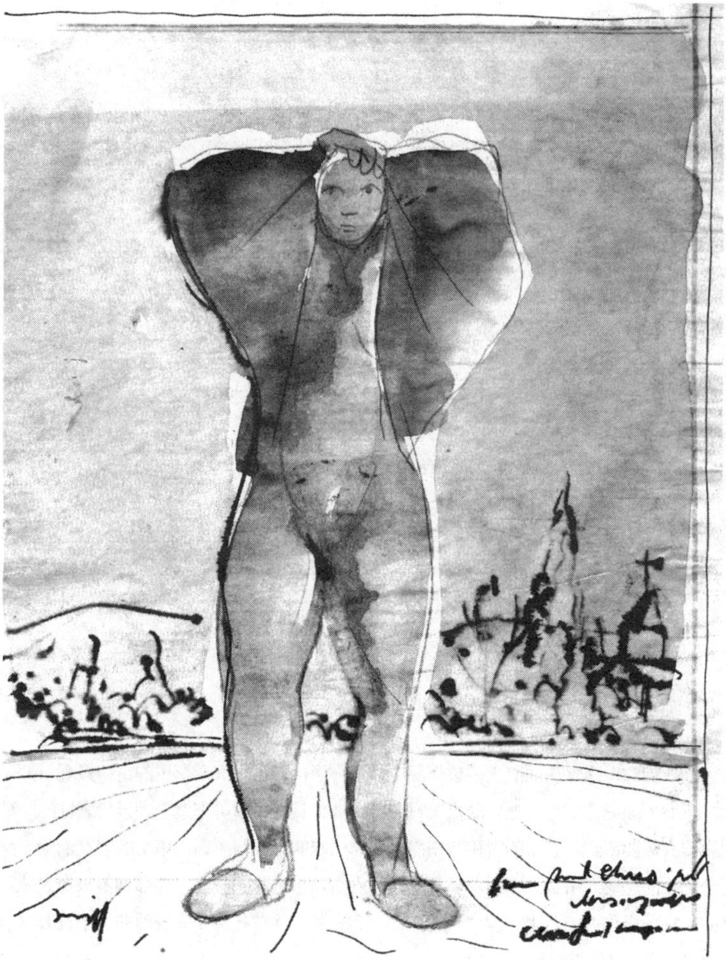

莫扎特在《安魂曲》中说

我所能看见的妇女

水中的妇女

请在麦地之中

清理好我的骨头

如一束芦花的骨头

把它装在琴箱里带回

我所能看见的

洁净的妇女,河流

上的妇女

请把手伸到麦地之中

当我没有希望

坐在一束麦子上回家

海子的死亡意识弥漫在他的大多数作品中,堪称当代诗坛上一道罕见的奇特景观。海子的死亡态度(即死亡姿态与死亡动机)具有多样性,其中,审美态度是颇具代表性的一种,因为诗人需要得到心态上的缓和与宁静,而非一味的紧张与焦虑。审美的态度消除了海子对于死亡的恐惧情绪,甚至诱发了他的自我欣赏乃至玩味的心态,连那种本来令人感到恐怖的死亡场景也被覆盖上一层"人为"的美的光芒,《莫扎特在〈安魂曲〉中说》这首诗便明显具有上述精神特征。

诗人将"芦花"比作"我的骨头",用盛放"零乱的骨头"的"暗红色的小木柜"比作女子们"富裕的嫁妆",这些带有自恋心态的意象的运用,充分显示出诗人将自身的死亡高

请整理好我那零乱的骨头

放入那暗红色的小木柜,带回它

像带回你们富裕的嫁妆

莫扎特在《安魂曲》中说

度审美化的主观意愿,也给作品带来了温暖的情调。作品采取面对女性作死亡自白的方式,一方面固然与海子本人的"女性崇拜"情结有关,另一方面也是由于女性与美有着天然联系的缘故。与此相对应,诗人的死亡自白与倾诉音调低沉、柔和而哀伤,更给这首"死亡之诗"增添了难以言说的凄凉的美感。

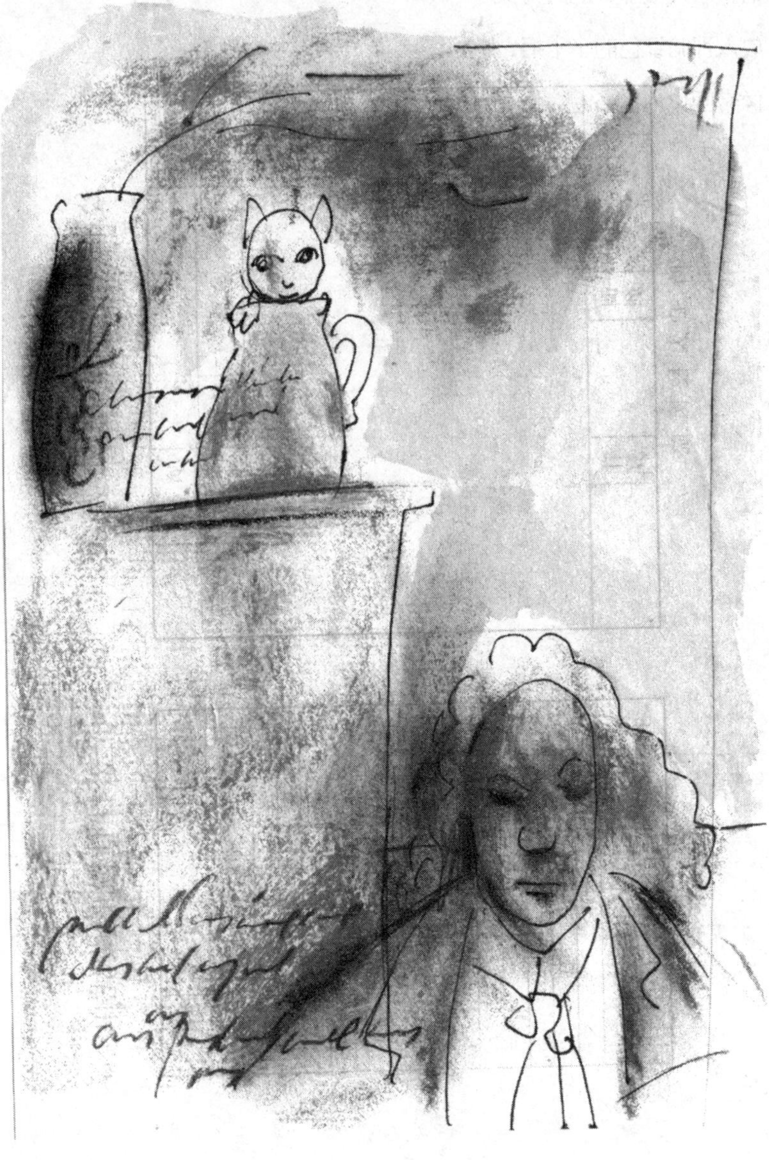

海子小夜曲

以前的夜里我们静静地坐着

我们双膝如木

我们支起了耳朵

我们听得见平原上的水和诗歌

这是我们自己的平原,夜晚和诗歌

如今只剩下我一个

只有我一个双膝如木

只有我一个支起了耳朵

只有我一个听得见平原上的水

  诗歌中的水

在这个下雨的夜晚

如今只剩下我一个

为你写着诗歌

海子小夜曲

"小夜曲"系一种适合于夜晚氛围的音乐形式,因此,当它被用作诗的标题时,便已经事先规定了该诗的抒情品质。这首被命名为"海子小夜曲"的抒情短章是具有双重含义的:首先,可以理解成"这是诗人海子创作的《小夜曲》";其次,也可以理解成"这是为海子本人而创作的《小夜曲》"。根据作品的内容来判断,很显然,这首《海子小夜曲》是诗人为自己而创作的,它的听众就是诗人自己。在这首诗中,诗人以自我倾诉的方式回顾了自己从前与恋人在夜色中的平原上曾经同度过的美好时光,然后诉说"如今只剩下我一个"的孤独与寂寞。与作品的标题相一致,这首诗是以它的音乐性取

这是我们共同的平原和水

这是我们共同的夜晚和诗歌

是谁这么说过　海水

要走了　要到处看看

我们曾在这儿坐过

1986.8

胜的。全诗节奏舒徐起伏，音调低沉轻柔，多次出现"歌"这一音节，在听觉上给人造成惆怅、失意的感觉，生动地传达出了诗人内心排遣不去的忧伤情绪，从而有效地完成了诗篇的抒情性主题。

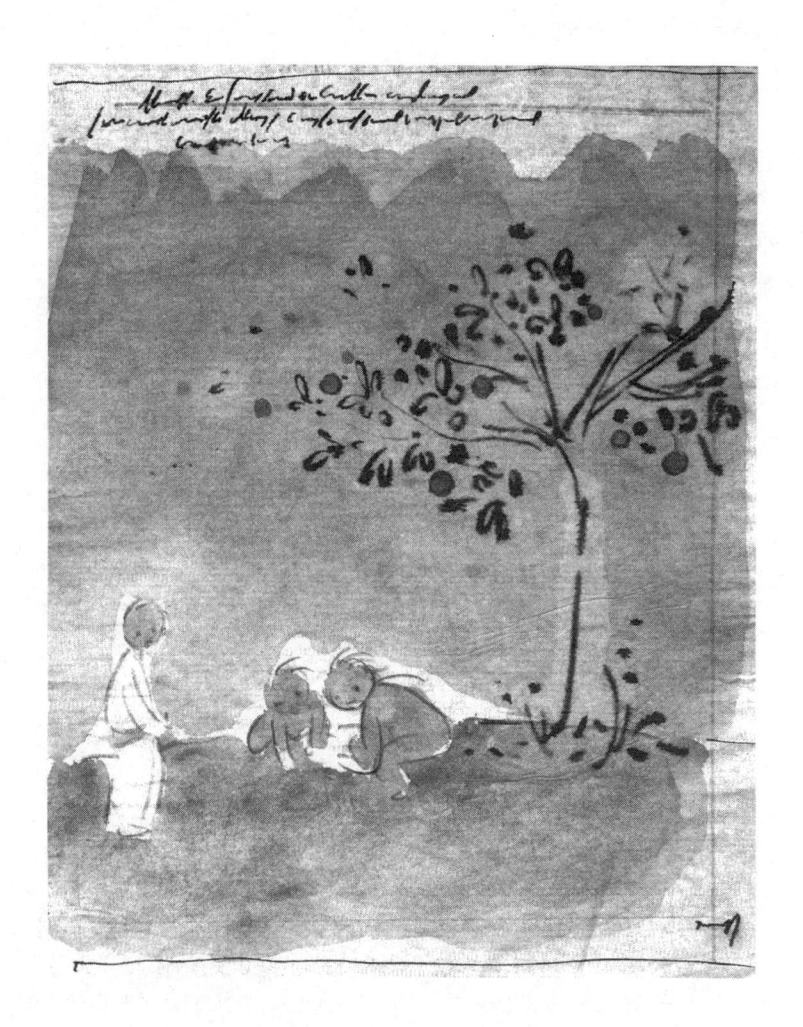

谣曲

之一

你是我的哥哥你招一招手
你不是我的哥哥你走你的路

小灯,小灯,抬起他埋下的眼睛

你的树丛大而黑
你的辕马不安宁
你的嘴唇有野蜜
你是丈夫——还是兄弟

小灯,小灯,抬起他埋下的眼睛

你是我的哥哥你招一招手
你不是我的哥哥你走你的路

海子的诗歌才能是多方面的,他对各种诗体均有尝试(比如抒情诗、叙事诗、史诗等),而且大多取得了成功。这首《谣曲》从内容到形式都体现出典型的民谣(民歌)特征,反映出海子对于民间歌谣的高度重视和认真汲取其营养成分的虚心态度。该诗分成四节。从内容上看,似乎通篇是一位痴情女子为她心中的情郎而吟唱的情歌,表达了她内心里那一片悱恻缠绵而又充满火辣野性(比如第三节的内容)的爱情。作品中的时间背景是按照黑夜——白天——黑夜的顺序逐次推进的,正好暗合了女主人公对其心上人"夜思日想"的情歌主题。当然,诗歌的四节内容存在相对的独立性,因而可作其他角度的解读。从形式上看,该诗句式基本整齐,讲究押韵,节奏明快,易诵易唱,极具音乐效果。同时,作品

之二

白鸽，白鸽
扎好我的头巾
风吹着你们的身子
像吹我白色头巾

白鸽白鸽你别说
美丽的脑袋小太阳
到了黑夜变月亮
白鸽白鸽你别说

之三

南风吹木
吹出花果

谣曲

采用了大量的俗语俚言，意象生活化、世俗化，充满浓郁的人情味和泥土气息，同样具有感染人心的艺术效果。海子在这首民谣体诗篇创作中所获得的初步的成功，充分说明了一个有出息的诗人必须具备丰富的诗歌艺术"营养库"。

我要亲你
花果咬破

之四

月亮月亮慢慢亮
照着一只木头床
河流河流快快流
流过我的心头肉

白马过河一片白
黑马过河一片黑
这一条河流
总是心头的河流

白马过河是月圆
黑马过河是月残
这一只月亮
总是床头的月亮

1986.8

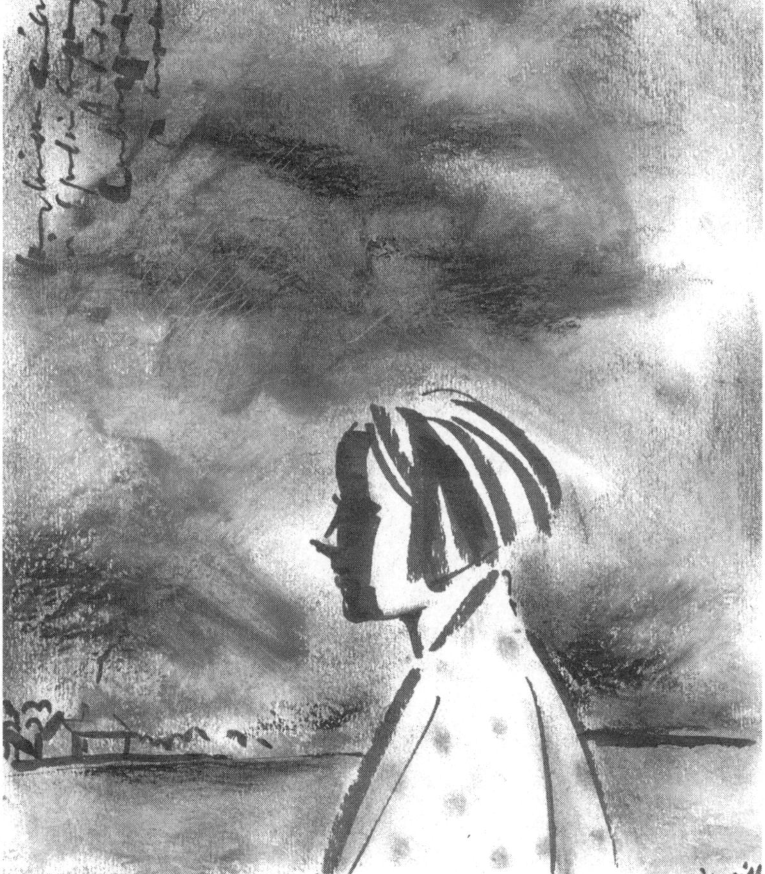

给B的生日[1]

天亮我梦见你的生日
好像羊羔滚向东方
——那太阳升起的地方

黄昏我梦见我的死亡
好像羊羔滚向西方
——那太阳落下的地方

秋天来到,一切难忘
好像两只羊羔在途中相遇

[1] B为海子初恋的女友,中国政法大学1983级学生。

这是海子为他初恋情人的生日而写的一首诗,看似简单易懂,读后却回味无穷,令人感受着一种难言的魅力。细加品味,便可发现该诗的魅力主要由三方面构成:其一,比喻贴切生动。诗人把恋爱的双方"你"和"我"比做"羊羔",以此强调双方的纯洁无邪、未谙世事,可谓切中本质。而把"天亮我梦见你的生日"说成"好像羊羔滚向东方——那太阳升起的地方",以及把"黄昏我梦见我的死亡"说成"好像羊羔滚向西方——那太阳落下的地方",则分别突出并强调了"生日"的希望色彩与"死亡"的堕落本质,是非常精确传神的;其二,想象优美动人。诗人在表现"你"和"我"的恋爱场景时,勾勒了这样一幅令人心醉神迷的画面:"秋天来到,一切难忘/好像两只羊羔在途中相遇/在运送太阳的途中相遇/碰碰鼻子和嘴唇"。这种"羊羔"般至为纯洁无邪的恋爱动作在人间是极难见到

在运送太阳的途中相遇

碰碰鼻子和嘴唇

——那友爱的地方

那秋风吹凉的地方

那片我曾经吻过的地方

1986.9.10

给B的生日

的,已经染上了天堂的色彩,只有在我们有关天堂恋爱情景的美妙想象之中,才会臆想出这样动人心魄的画面,这种体验是令人难以忘怀的;其三,节奏鲜明,韵律感强。全诗均采用慢三慢四拍的节奏来抒发诗人内心款款起伏的情感波澜,读起来有舒徐从容的感觉,作品采用了"方"与"亡"两个词素作为交替出现的押韵音节,声音响亮、亲切但又容易消逝,在听觉上唤起一种美丽而惆怅的情绪,很好地传达了作品的情调。简言之,正是上述三个方面的艺术特色,构成了这首"外表透明"的情诗品之不尽的阅读魅力。

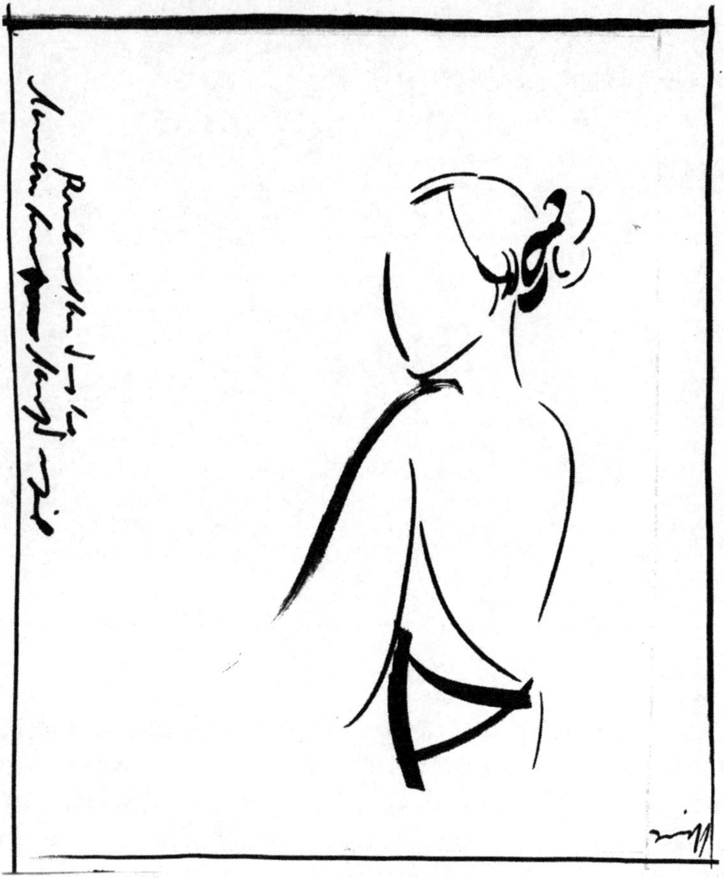

云朵

西藏村庄

神秘的村庄

忧伤的村庄

你躺倒在路上

你不姓李也不姓王

你嫁给的男人

脾气怎么样

神秘的村庄

忧伤的村庄

你生了几个儿子

有哪些闺女已嫁到远方

神秘的村庄

忧伤的村庄

云朵

严格说来,"诗"和"诗歌"是两个不同的概念。"诗"具有纯粹的"现代诗"意味,而"诗歌"则意味着"诗"向"歌"的靠拢与汇合,或者通俗一点说,"诗歌"就是"诗"的"歌词"化。许多人固执地认为,一个诗人只要把"诗"写成"诗歌"(歌词化),这首诗就已经丧失了诗意,不值得再去青睐它了,这种观点却遭到了抒情诗人海子的有力质疑与挑战。海子写了许多"歌词化"的诗篇,人们一般并未把它们当成"歌词"来读,反而对它们动人的音乐性和浓郁的诗意大加赞赏。这首《云朵》就是其中一个比较典型的例子。

在海子的所有诗篇中,《云朵》一诗的"歌词"化倾向是最为鲜明了,全诗除了一处地方外,通篇押韵,然而我们仍然不能否认它是一首"诗",以及它作为一首"诗"所具有的

当经幡吹响

你多像无人居住的村庄

当经幡五颜六色如我受伤的头发迎风飘扬

你多像无人居住的村庄

当藏族老乡亲在屋顶下酣睡

你多像无人居住的村庄

你周围的土墙画满慈祥的佛像

你多像无人居住的村庄

1986.12.15

魅力。这是什么原因呢？首先，诗人不是为了音乐性而音乐性的，他选择用"ang"这个韵母来作为押韵的韵脚，并且贯穿全篇，是因为"ang"这种声音最能表达作品惆怅、忧伤的情绪，而这种惆怅、忧伤的情绪又与诗人忧患"村庄"（"母亲"的象征形象）命运的主题思想紧密结合，有其内在的深刻的艺术必然性；其次，这首诗尽管几乎句句押韵，但显得巧妙自然，并未出现"因音害辞"和"因辞害义"的现象，而且，诗人特别注重并追求语言表达的准确与生动。比如，诗人用"你躺倒在路上"这一拟人化的意象，把偏僻、荒凉、贫穷、破败的西藏山区的小村形象表现得十分到位，令人难忘。诗人采用"云朵"的标题也颇见匠心。诗篇中并未出现"云朵"，他是在用天空的"云朵"来衬托"西藏村庄"的破败、荒凉与神秘。由此可见，《云朵》的"歌词"化恰恰成全了一首动人的诗。

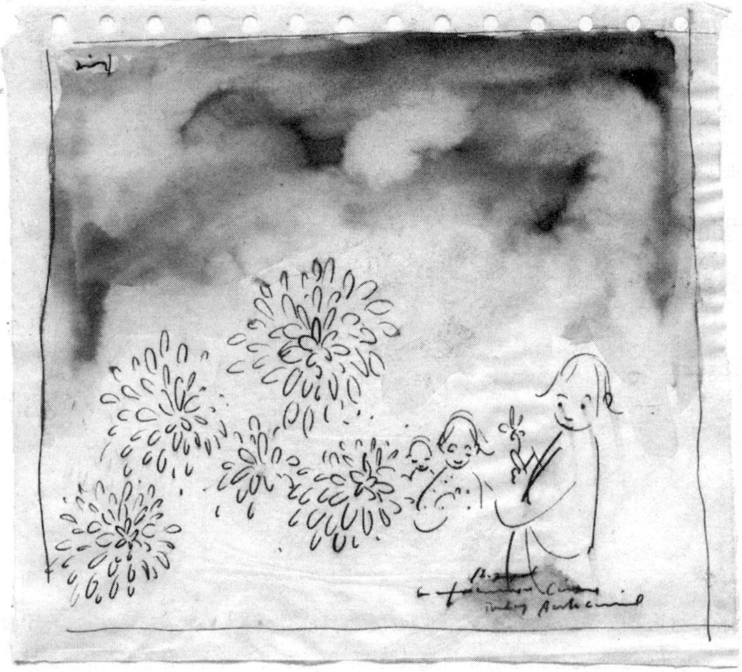

九月

目击众神死亡的草原上野花一片

远在远方的风比远方更远

我的琴声呜咽　泪水全无

我把这远方的远归还草原

一个叫马头　一个叫马尾

我的琴声呜咽　泪水全无

远方只有在死亡中凝聚野花一片

明月如镜高悬草原映照千年岁月

我的琴声呜咽　泪水全无

只身打马过草原

1986

前面我们已经提到过，海子是一个悲剧意识极其浓郁的诗人，其重要原因之一在于海子本人深切体验并认识到了人性自身难以挽救的堕落本质，因此，海子本人特别渴慕"神性"并竭力追寻之，他对德国"神性诗人"荷尔德林的无限推崇与热爱即是生动而典型的例证。这首诗可以看作海子为自己发现人类生命中"神性"的普遍"缺席"而创作的一首"哀歌"。在作品中，"草原"是人类生存背景的象喻，"目击众神死亡"象征了"神性"的彻底泯灭和人类生存诗意的完全丧失，标题中的"九月"一词点明了"众神死亡"的时间与季节，由此构成了《九月》一诗完整的主题。诗中的场景完全是虚拟性和想象性的，具有浓厚的"寓言诗"色彩。"远方只有在死亡中凝聚野花一片/明月如镜高悬草原映

九月

照千年岁月"这一充满死亡气息的静态意象画面的呈现,则在广阔的时空中对于人类现实生存与历史生存中人性的堕落与垂死本质作了入木三分的揭示和批判。缘此,诗篇中诗人反复吟哦"我的琴声呜咽泪水全无",其中透露出来的生命的悲哀情绪,才更具有感人至深的思想与艺术力量。

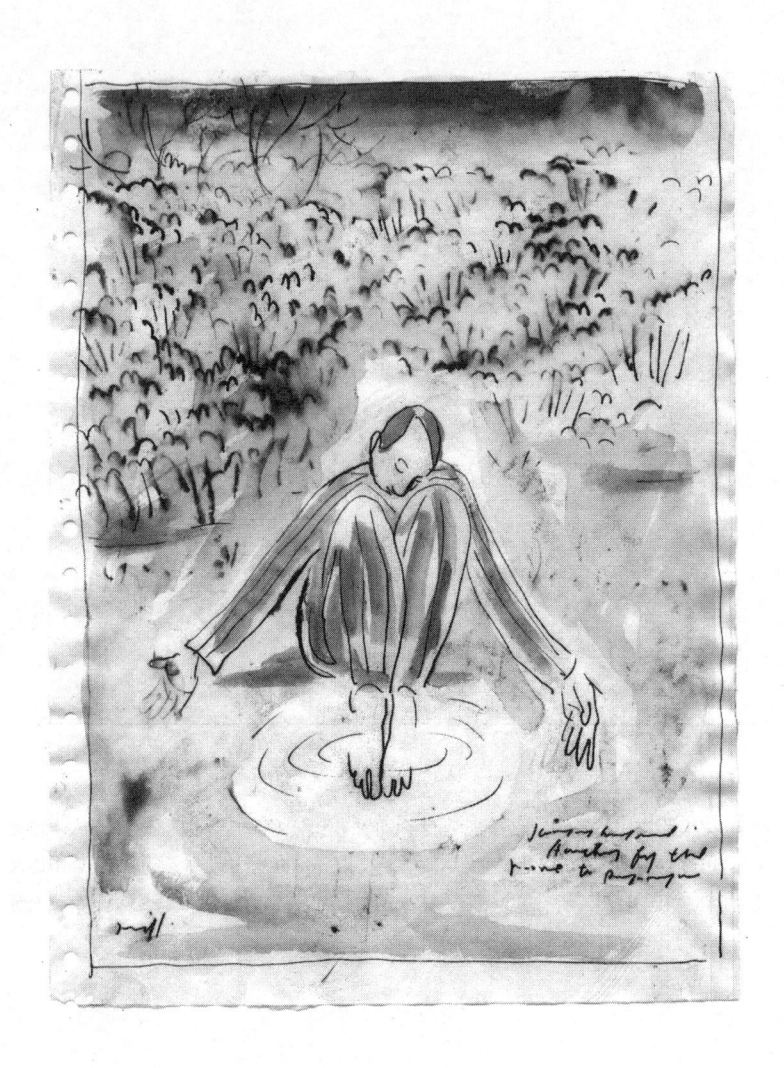

九首诗的村庄

秋夜美丽

使我旧情难忘

我坐在微温的地上

陪伴粮食和水

九首过去的旧诗

像九座美丽的秋天下的村庄

使我旧情难忘

大地在耕种

一语不发,住在家乡

像水滴、丰收或失败

住在我心上

1987

九首诗的村庄

"村庄"是海子作品中经常出现的重要意象,它是母亲情怀、心灵归宿、精神家园的综合型象征,构成了海子身上浓郁的"村庄情结"(与"女性崇拜情结"存在某种契合关系,因为在海子笔下,"母亲"形象常常是与"村庄"形象相一致的),也显示出海子的浪漫主义诗人的心理与精神特质。这首小诗表达了诗人眷恋"村庄"的情感,明显流露了他身上浓郁的"村庄情结"。解读这首小诗的关键是要弄清楚标题中所言的"九首诗"与"村庄"之间是什么关系。联系海子的生平追求来看,"村庄"寄寓了他最高的生命理想,它能体现物质化生存与精神性追求的高度协调和完美统一。诗中出现的"粮食和水"即代表物质化生存,而"过去的旧诗"则代表精神性追求。不过,"诗歌"在海子的生命追求中具有更高更大的价值，常常令他忽略了生存的艰难与匮乏，而与"村庄"的梦想合而为一。因此，作品中把"九首过去的旧诗"比喻成"九座美丽的秋天下的村庄"，诗人获得了"诗"与"村庄"的深情慰藉，因而能"坐在微温的土地上"，目睹着"大地在耕种"，情不自禁地吟诵出容忍大地"丰收或失败"、充满着美丽忧伤情绪的动人诗篇。

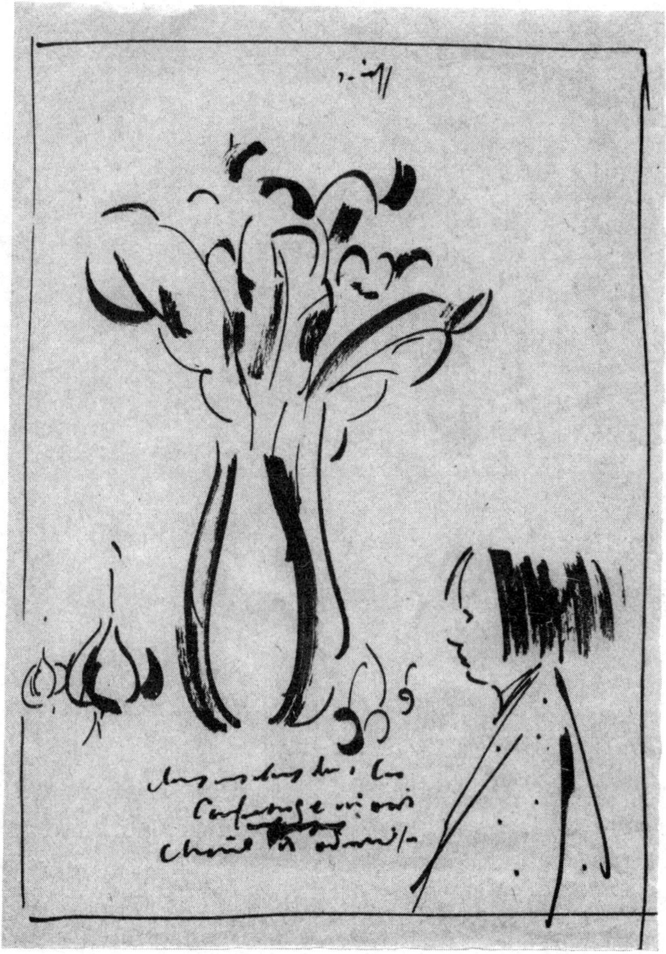

两座村庄

和平与情欲的村庄

诗的村庄

村庄母亲昙花一现

村庄母亲美丽绝伦

五月的麦地上　天鹅的村庄

沉默孤独的村庄

一个在前一个在后

这就是普希金和我　诞生的地方

风吹在村庄

风吹在海子的村庄

风吹在村庄的风上

有一阵新鲜有一阵久远

如前所述,"村庄"的意象对于海子来说具有极端的重要性,它构成了海子诗歌价值与生命价值的双重源泉。"村庄"的内涵尽管非常丰富,但在通常的意义上,它是与母亲情怀、心灵归宿、精神家园这些重要的象征含义联系在一起的。在这首诗中,诗人突出了"村庄"的"母亲情怀"的含义(自然与"心灵归宿"、"精神家园"联系紧密),完全把"村庄"与"母亲"的形象并置叠合在一起,两者合二为一了。这首诗用意象叠加的手法描绘了"村庄"非常丰富多样的"母亲"形象:"和平与情欲的村庄"、"诗的村庄"、"天鹅的村庄"、"沉默孤独的村庄",如此等等,充分展现了"村庄母亲"爱(理解、宽容)与美("诗"与"天鹅")的动人形象,有意无意中将诗人的"村庄情绪"与"女性崇拜情结"融汇在一起。

北方星光照映南国星座

村庄母亲怀中的普希金和我

闺女和鱼群的诗人　安睡在雨滴中

是雨滴就会死亡！

夜里风大　听风吹在村庄

村庄静坐　像黑漆漆的财宝

两座村庄隔河而睡

海子的村庄睡得更沉

1987.2草稿
1987.5改

两座村庄

当然，深入探究一下便可发现，此诗的深层主题乃在于表达诗人身上强烈的"死亡冲动"。这自然与现实境况中诗人理想受挫、心灵受伤的精神遭遇关系紧密，也与海子身上强烈的"天才意识"关系甚大。海子本人曾在多处公开自许自己的"王子"身份，并与"天才短命"的神秘宿命观念达成心理上的默契与妥协。因此，诗人在这首诗中有意与"普希金"这位"诗歌王子"相提并论。作品中多次出现"普希金"和"我"各自"安睡"在"村庄母亲的怀中"的意象，表达了诗人渴望回归母体、获得永久慰藉的"死亡意向"。全诗想象优美，画面鲜明，语言清新流畅，并且采用了歌唱性的调子来娓娓叙述诗人自身的"沉睡"愿望，不啻是一首用质朴动人的心灵言辞吟唱出来的诗人自我的安魂曲。

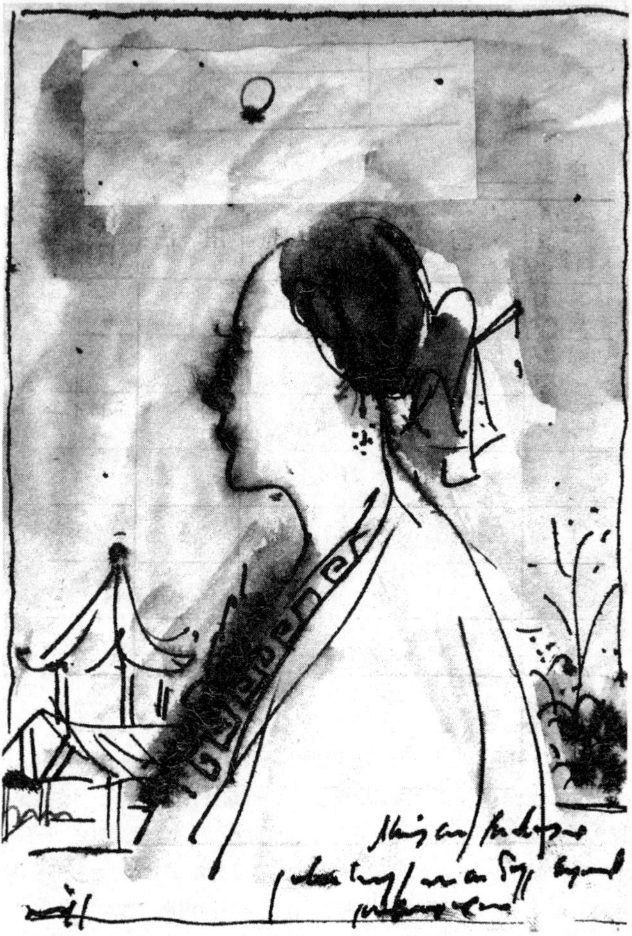

日出 ——见于一个无比幸福的早晨的日出

在黑暗的尽头

太阳,扶着我站起来

我的身体像一个亲爱的祖国,血液流遍

我是一个完全幸福的人

我再也不会否认

我是一个完全的人我是一个无比幸福的人

我全身的黑暗因太阳升起而解除

我再也不会否认　天堂和国家的壮丽景色

和她的存在……在黑暗的尽头!

1987.8.30醉后早晨

日出

人们通常认为,天才多是病态的,这种观点有其科学、合理的成分,至少可以用许多事实来加以验证,从海子的精神、心理结构来看,我们便会认可这一观点。一方面,海子热爱土地,热爱生命,完全一副赤子情怀;另一方面,海子身上厌世情绪浓厚,常常感到灵魂的空虚与绝望,难以自拔,由此导致他的人格呈现"自我分裂"和自相矛盾的状态。这种人格上的"自我分裂"与自相矛盾常常"进入"到他的作品里来,在这首小诗中就有典型的体现。诗人在此诗中采用重复渲染的手法来抒发他见到"日出"景象时的"无比幸福",呈现生命的温暖与光明;但诗人所运用的"我再也不会否认……"这种具有负面性暗示意味的表达句式,却把他内心的痛苦和"黑暗"更为真实地暴露出来了。诗人"全身的黑暗"并未"因太阳升起"而获得真正的"解除"(只是暂时性的"解除"),由此构成了诗人生命中的瞬间的"无比幸福"与经常性的心灵痛苦、短时间的通体光明与长时期的"全身的黑暗"之间的深刻冲突,而且也顺带性地使这首小诗表面幸福、激动的语调与内在漠然、疲倦的"声音"形成戏剧性的反差,使得这首小诗以"浑身"充满自我矛盾的"形象"而赢得其独特的艺术感染力。

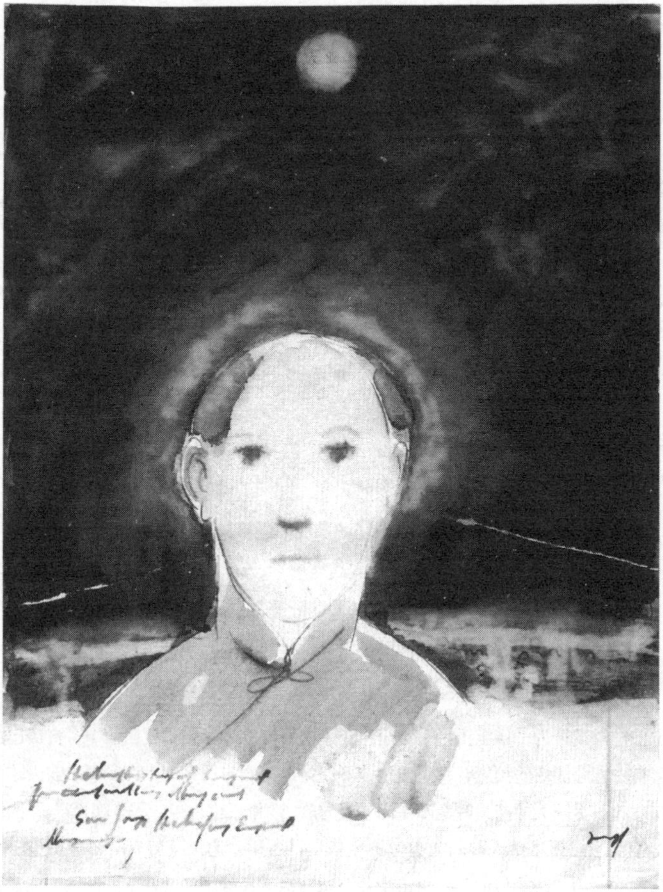

诗人叶赛宁（组诗）

1. 诞生

星日朗朗
野花的村庄
湖水荡漾
野花！
生下诗人

湖水在怀孕
在怀孕
一对蓓蕾
野花的小手在怀孕
生下诗人叶赛宁

海子生前常常自视为"诗歌王子"（出自对于自身诗歌才华的高度自信），对自己的命运常常存有一种悲剧性的预感，并且自觉或不自觉地把西方诗歌史上许多短命的天才与自己联系在一起。俄国天才诗人叶赛宁是海子极为欣赏和推崇的一位"异域知音"，因为海子在叶赛宁身上发现了两人共同或类似的才华、气质和命运。《诗人叶赛宁》是海子为叶赛宁撰写的一篇"诗歌传记"，全诗由九个章节组成，刻画了叶赛宁由诞生、成长、恋爱到流浪于城市，最后绝望、自杀的生命历程。实质上，这组诗带有海子本人精神自传的色彩，海子是在借叶赛宁的生命故事来诠释自己的灵魂世界，更准确地说，是通过叶赛宁的生命故事来诠释叶赛宁和海子两位悲剧性天才诗人共同的灵魂世界。因为在作品中，叶赛宁的"精神形象"完全是与海子叠合为一的，比如在作品的第四节"诗人叶赛宁"的开

野花的村庄漆黑

如同无人居住

野花,我的村庄公主

安坐痛苦的北方

生下诗人

谁家的窗户

灯火明亮

是野花,一只安详燃烧的灯

坐在泥土的灯台上

生下诗人叶赛宁

端,叶赛宁竟然自称"我是中国诗人",即可作为明显的例证。而且,海子在开始进入表现叶赛宁命运里程与精神遭遇的第四节,采取了第一人称"我"的口吻进行叙述,更是有力地说明了海子写作此诗的深层动机。

海子在此诗中表达了对于传统农业文明的深深眷恋,诗中出现的"乡村"、"田园"、"玉米地"等乡土意象即代表了这种情感内涵;与此相反,海子对于现代工业文明则持本能的拒斥与反感,诗中的"城市"意象即象征着"现代工业文明"。海子在第七节"浪子旅程"中借叶赛宁之口表达了他对"城市"和命运的双重"陌生感":"我本是农家子弟……但为什么/我来到了酒馆/和城市"。正是生命理想与现实处境的"深刻错位"(乡村

2. 乡村的云

乡村的云
故乡
你们俩是
水上的一对孩子

云朵的门啊,请为幸福的人们打开
请为幸福
和山坡上无处躲藏的忧伤的眼睛
打开!

3. 少女

少女
头枕斧头和水

情结与城市生存的对立)导致了诗人叶赛宁(也是日后的海子)"自杀身亡"的悲剧性结局。这种由诗人的个人气质、生命理想与历史潮流产生剧烈冲突而引发的自杀悲剧,至今仍具有普遍性的时代意义,这是该诗在思想主题上的深刻撼人之处。

该组诗在艺术表现方面也有许多堪可称道的特色与优点:其一,想象丰富。比如在第一节中,诗人叙述叶赛宁的诞生过程时,别出心裁地把叶赛宁的诞生安排在"星日朗朗"的大自然背景中,并说"野花"和"湖水在怀孕",最终共同"生下诗人叶赛宁",使得叶赛宁的诞生具有传奇色彩,调动了读者的阅读兴趣,也暗示出叶赛宁"自然之子"的浪漫主义诗人身份,可谓一箭双雕;其二,意象鲜明、生动。诗人在表现天才们的生存处境时,

安然睡去

一个春天

一朵花

一片海滩　一片田园

少女

一根伐自上帝

美丽的枝条

少女

月亮的马

两颗水滴

对称的乳房

诗人叶赛宁（组诗）

设置了这么一幅意象画面："痛苦的天才们/饥渴难挨/可是河中滴水全无/面粉袋中没有一点面粉"，人们从这幕带有夸张色彩的戏剧化（客观再现）场景中，能够"迅速"地领悟到"天才们"（包括诗人自己在内）生存的艰难与尴尬，从而产生强烈的同情与共鸣；其三，语感自然、音乐感强。作品中的语句皆是根据诗人语气的自然停顿而分成行的，易于朗诵，甚至吟唱，比如在"绝命"这一节里，诗人多次重复"说声分手吧"这一短句，犹如一段乐曲中的主导性旋律，增强了它的吟唱性效果，给人以情绪的感染。当然，此诗中也有一些意象比较晦涩难懂，在某种程度上削弱了它的艺术感染力，但总体而言仍是瑕不掩瑜的。

4. 诗人叶赛宁

我是中国诗人

稻谷的儿子

茶花的女儿

也是欧罗巴诗人

儿子叫意大利

女儿叫波兰

我饱经忧患

一贫如洗

昨日行走流浪

来到波斯酒馆

别人叫我

诗人叶赛宁

浪子叶赛宁

叶赛宁

俄罗斯的嘴唇

梁赞的屋顶

黄昏的面容

农民的心

一颗农民的心

坐在酒馆

像坐在一滴酒中

坐在一滴水中

坐在一滴血中

仙鹤飞走了

桌子抬走了

尸体抬走了

屋里安坐忧郁的诗人

仍然安坐诗人叶赛宁

叶赛宁

不曾料到又一次

春回大地

大地是我死后爱上的女人

大地啊

美丽的是你

丑陋的是我

诗人叶赛宁

在大地中

死而复生

5. 玉米地

微风吹过这座小小的山冈

玉米地里棵棵玉米又瘦又小

我浇水　看着这些小小的可爱又瘦小的叶子

青青杨树叶子喧响在那一头

太阳远远地燃烧

落入一座空空的山谷

树叶是采自诸神的枪枝和婚床

圆形盾牌镌刻着无知的文字

6. 醉卧故乡

故乡的夜晚醉倒在地

在蓝色的月光下

飞翔的是我

感觉到心脏，一颗光芒四射的星辰

醉倒在地，头举着王冠

头举着五月的麦地

举着故乡晕眩的屋顶

或者星空，醉倒在大地上！

大地，你先我而醉

你阴郁的面容先我而醉

我要扶住你

大地！

我醉了

我是醉了

我称山为兄弟、水为姐妹、树林是情人

我有夜难眠，有花难戴

满腹话儿无处诉说

只有碰破头颅

霞光落在四邻屋顶

我的双脚踏在故乡的路上变成亲人的双脚

一路蹒跚在黄昏　升上南国星座

双手飞舞，口中喃喃不绝

我在飞翔

急促而深情

飞翔的是我的心脏

我感觉要坐稳在自己身上

故乡，一个姓名

一句

美丽的诗行

故乡的夜晚醉倒在地

7. 浪子旅程

我是浪子
我戴着水浪的帽子
我戴着漂泊的屋顶
灯火吹灭我
家乡赶走我
来到酒馆和城市

我本是农家子弟
我本应该成为
迷雾退去的河岸上
年轻的乡村教师
从都会师院毕业后
在一个黎明
和一位纯朴的农家少女
一起陷入情网
但为什么
我来到了酒馆
和城市

虽然我曾与母牛狗仔同歇在
露西亚天国

虽然我在故乡山冈

曾与一个哑巴

互换歌唱

虽然我二十年不吱一声

爱着你，母亲和外祖父

我仍下到酒馆——俄罗斯船舱底层

啜泣酒杯的边缘

为不幸而凶狠的人们

朗诵放荡疯狂的诗

我要还家

我要转回故乡，头上插满鲜花

我要在故乡的天空下

沉默寡言或大声谈吐

我要头上插满故乡的鲜花

8. 绝命

此刻在美丽的小镇上

苦荞麦儿香

说声分手吧

和另一位叶赛宁　双手紧紧握住

点着烛火,烧掉旧诗

说声分手吧

分开编过少女秀发的十指

秀发像五月的麦苗　曾轻轻含在嘴里

和另一位叶赛宁分手

用剥过蛇皮蒙上鼓面的人类之手

自杀身亡,为了美丽歌谣的神奇鼓面

蛇皮鼓啊如今你在村中已是泪水灯笼

说声分手吧　松开埋葬自己的十指

把自己在诗篇中埋葬

此刻在美丽的小镇上

不会有苦荞麦儿香

9. 天才

轻雷滚过的风中

白杨树梢摇动

在这个黄昏

我想到天才的命运

在此刻我想起你凡·高和韩波

那些命中注定的天才

一言不发

心情宁静

那些人

站在月亮中把头颅轻轻摇晃

手持火把,腰围面粉袋

心情宁静

暮色苍茫

永不复返的人哪

在孤寂的空无一人的打谷场上

被三位姐妹苦苦留下。

痛苦的天才们

饥渴难挨

可是河中滴水全无

面粉袋中没有一点面粉

轻雷滚过的风中

死者的鞋子,仍在行走

如车轮,如命运

沾满谷物与盲目的泥土

1986.2—1987.5

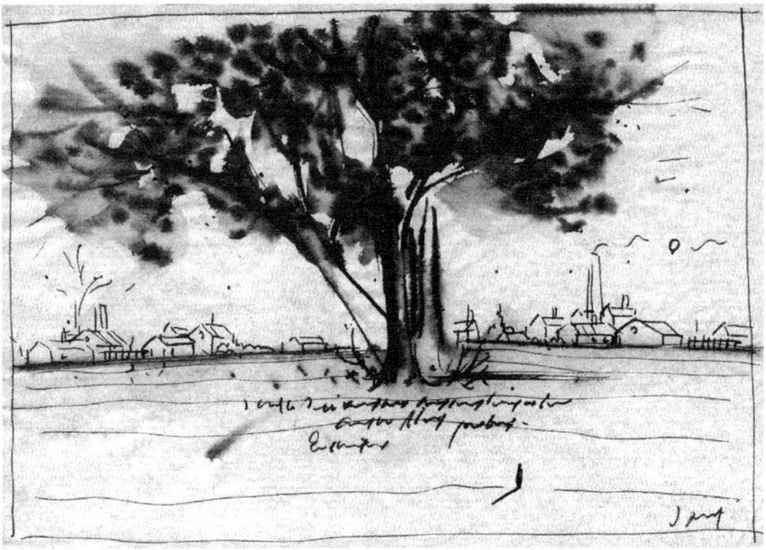

长发飞舞的姑娘（五月之歌）

玫瑰谢了，玫瑰谢了

如早嫁的姐妹漂落，漂落四方

我红色的姐姐，我白色的妹妹

大地和水挽留了她们　熄灭了她们

她们黯然熄灭，永远沉默却是为何？

姐妹们，你们能否告诉我

你们永久的沉默是为了什么

长发飞舞的黑眼睛姑娘

不像我的姐姐　也不像妹妹

不似早嫁的姐妹迟迟不归

如今我坐在街镇的一角

为你歌唱，远离了五谷丰盛的村庄

1987.5

长发飞舞的姑娘（五月之歌）

"玫瑰"在西方诗歌中是"爱情"的普遍象征和典型意象，但在海子的这首抒情短诗中，"玫瑰"却被转移、置换成"美"的象征和意象。在作品的第一节里，诗人将"玫瑰谢了"比作"如早嫁的姐妹飘落"，并且进一步将"玫瑰"比喻成"我红色的姐姐"和"我白色的妹妹"，暗示出"玫瑰"的姿容美丽动人，诗人对于"大地和水挽留了她们熄灭了她们"的惋惜与慨叹，正是对于"美"（"玫瑰"的象征含义）的易于消逝的本质的深沉忧伤；在作品的第二节，诗人将他所赞美的女主人公——"长发飞舞的黑眼睛姑娘"推到读者面前，暗示着"美"的重新"来临"和"出现"，"不像我的姐姐也不像妹妹/不似早嫁的姐妹迟迟不归"，这种比喻性的表述是顺承上一节的意思而来的（"玫瑰谢了，玫瑰谢了/如早嫁的姐妹飘落，飘落四方"），并使作品的情绪由忧伤转变成喜悦；作品的结尾则直接表现诗人对于"美"的热情"歌唱"("长发飞舞的姑娘"是诗人心目中的"玫瑰",是"美"的化身),情调由第二节的喜悦上升为最后的欢乐。因此,这首诗是诗人采用象征和隐喻的手法生动地表达其渴望"美"永驻人间的"浪漫心曲",具有浓厚的乌托邦色彩。

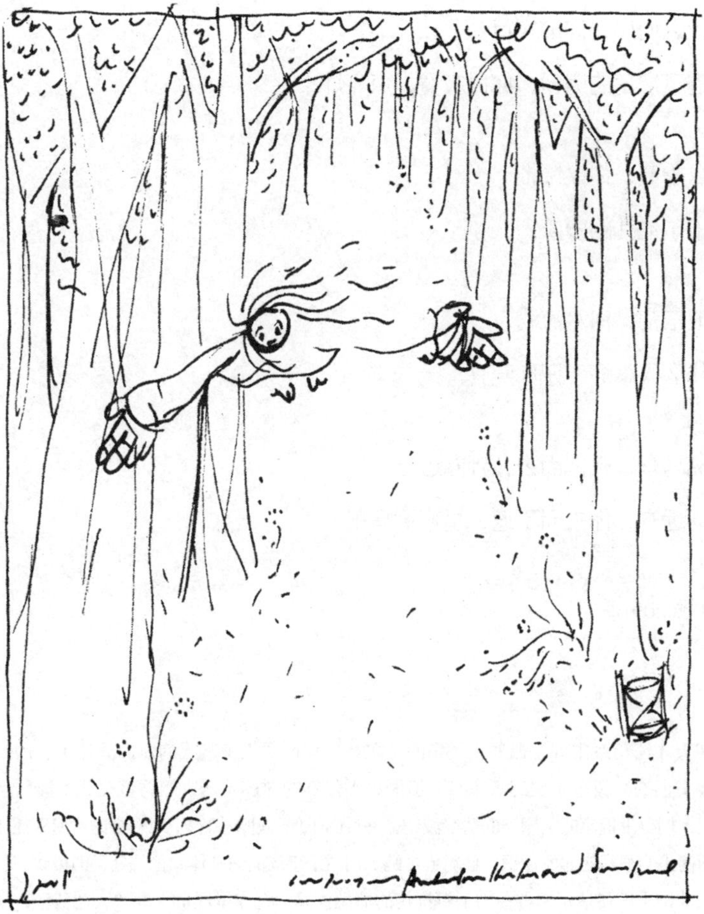

夜晚　亲爱的朋友

在什么树林，你酒瓶倒倾
你和泪饮酒，在什么树林，把亲人埋葬

在什么河岸，你最寂寞
搬进了空荡的房屋，你最寂寞，点亮灯火

什么季节，你最惆怅
放下了忙乱的箩筐

大地茫茫，河水流淌
是什么人掌灯，把你照亮

哪辆马车，载你而去，奔向远方
奔向远方，你去而不返，是哪辆马车

1987.5.20黄昏

也许天才注定终生都是孤独和忧伤的（尤其是那种"王子"式的短命天才），因为他（她）们的心灵过于敏感、丰富与脆弱，大自然的时序更迭、晨昏变化，均能引起他（她）们身上相应的、剧烈的情绪波动，并且由于他（她）们对于理想事物的追求往往落空而萌生的强烈的悲剧意识，使得他（她）们对于事物的情感体验往往处于消极状态。海子在此诗中即传达了一种极为消沉忧伤的情感体验。诗作呈现了一幅"大地茫茫，河水流淌"的荒凉夜景，并且虚拟性（想象性）地叙述了主人公"和泪饮酒"、"把亲人埋葬"、"乘坐马车奔向远方"等一系列具有悲伤色彩的动作与场景，表达了诗人对于夜晚

夜晚　亲爱的朋友

所象征的"悲剧命运"的深刻预感与消极反抗（或者说是认同）。作品在表达上采取了纯粹歌吟的方式，以悠长、低沉的节奏和音调反复歌吟与渲染内心的哀愁，一唱三叹，气息悲凉，具有较为浓郁的俄罗斯民歌的风味。

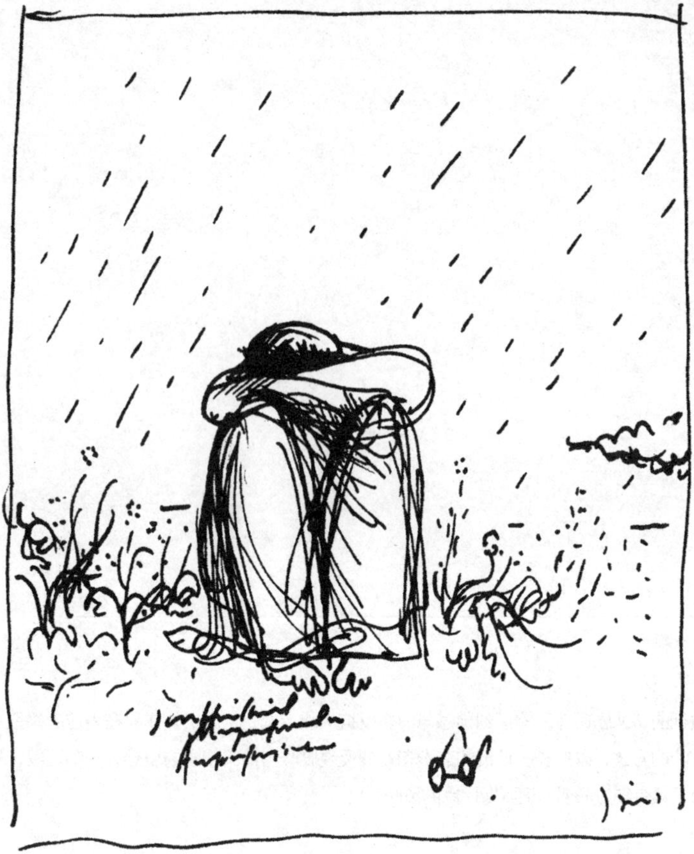

汉俳

1. 河水

亡灵游荡的河

在过去我们有多少恐惧

只对你诉说

2. 王位上的诗人

还没剥开羊皮举着火把

还没剥开少女和母亲美丽的身体

3. 打麦黄昏,老年打麦者

在梨子树下

晚霞常驻

汉俳

"日本俳句"是一种非常精练、短小的诗体形式,在世界诗歌史上占有一席之地。从这首诗的标题可以看出,海子是受了俳句的影响而写作此诗的,目的在于尝试一种新的诗体形式。《汉俳》由九节构成,每一节的内容都具有相对的独立性,因而可以看作九首小诗在"汉俳"这种诗体形式下的归聚或集合。从内容上来看,《河水》表达了人们对于"河"上"亡灵"的"恐惧"情绪;《王位上的诗人》表现了"诗人"对于"美"(女性化了)的极度迷恋;《打麦黄昏,老年打麦者》暗示了收获的甜蜜和喜悦;《草原上的死亡》赞美了生命在"草原"上死亡的"圣洁"色彩;《西藏》展示了西藏的"荒凉"与神秘;《意大利文艺复兴》礼赞了"劳动"的艰苦与光荣;《风吹》再现了风吹水面的瞬间奇妙幻象;《黄昏》流露了诗人对于故人的深切思念;而《诗歌皇帝》则表现了诗人对于世俗

4. 草原上的死亡

在白色夜晚张开身子
我的脸儿，就像我自己圣洁的姐姐

5. 西藏

回到我们的山上去
荒凉高原上众神的火光

6. 意大利文艺复兴

那是我们劳动的时光
朋友们都来自采石场

生活的鄙弃以及对于生命崇高理想（成为诗歌的"王"，成为精神的"王"）的执着追求。从表现手法与表现技巧来看，这九节"汉俳"诗虽然或叙述，或描写，或呈现，但有一个共同特点，即这些意象或画面都具有幻想色彩，最终成为诗人的一种心灵（或主观）"幻象"，显示出诗人丰富的艺术想象力。

7. 风吹

茫茫水面上天鹅村庄神奇的门窗合上

8. 黄昏

在此刻　销声匿迹的人　突然出现
他们神秘而哀伤的马匹在树下站定

9. 诗歌皇帝

当众人齐集河畔　高声歌唱生活
我定会孤独返回空无一人的山峦

1987

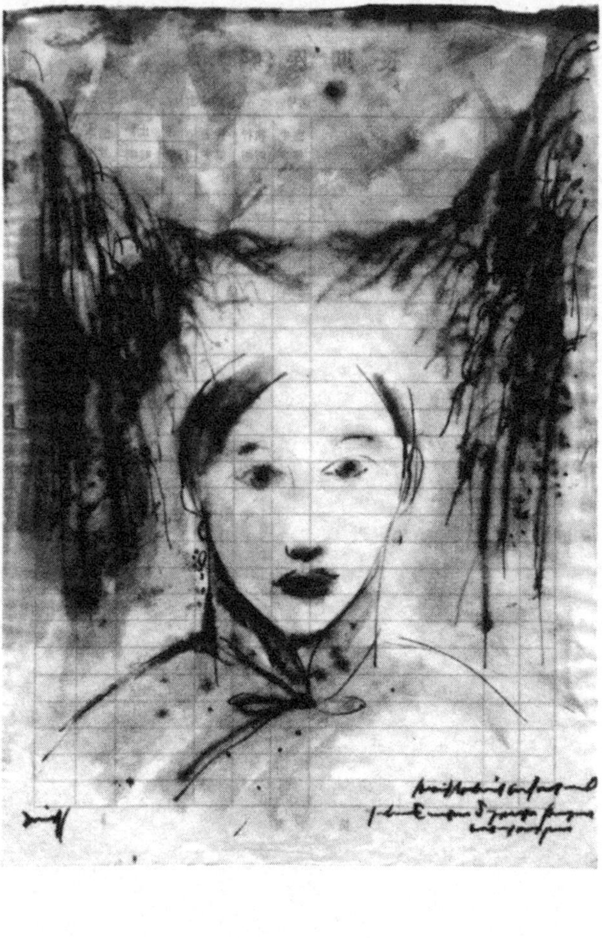

五月的麦地

全世界的兄弟们

要在麦地里拥抱

东方,南方,北方和西方

麦地里的四兄弟,好兄弟

回顾往昔

背诵各自的诗歌

要在麦地里拥抱

有时我孤独一人坐下

在五月的麦地　梦想众兄弟

看到家乡的卵石滚满了河滩

黄昏常存弧形的天空

让大地上布满哀伤的村庄

五月的麦地

作为一名虔诚的"麦地之子",海子在"麦地"身上几乎投注了他生命的全部情感。"麦地"的丰盈与贫瘠都能唤起他美好或痛苦的情感体验,激起他歌唱的愿望。"麦地"成为诗人灵感的源泉,成为诗人永远热爱的对象,也成为诗人漂泊的心灵与灵魂的"最后停泊地"。在这首"麦地诗篇"里,诗人表达了一种"博爱"思想。作品开头处"全世界的兄弟们/要在麦地里拥抱"这一意象场景的设置,以及结尾处"有时我孤独一人坐在麦地为众兄弟背诵中国诗歌"的自我表白,形成了呼应关系,生动传达了诗人那种美好、博大的情怀。作品采取了自我倾诉与自我吟唱的方式,叙述了诗人在"麦地"

有时我孤独一人坐在麦地为众兄弟背诵中国诗歌

没有了眼睛也没有了嘴唇

1987.5

里滋生的感受与愿望，情绪自然流畅，无拘无束，独自沉浸在自己"心灵的歌声"中（诗人因此说自己"没有了眼睛也没有了嘴唇"），让人真切地感受到了"麦地"对于诗人所具有的难以抗拒的心灵感召力。

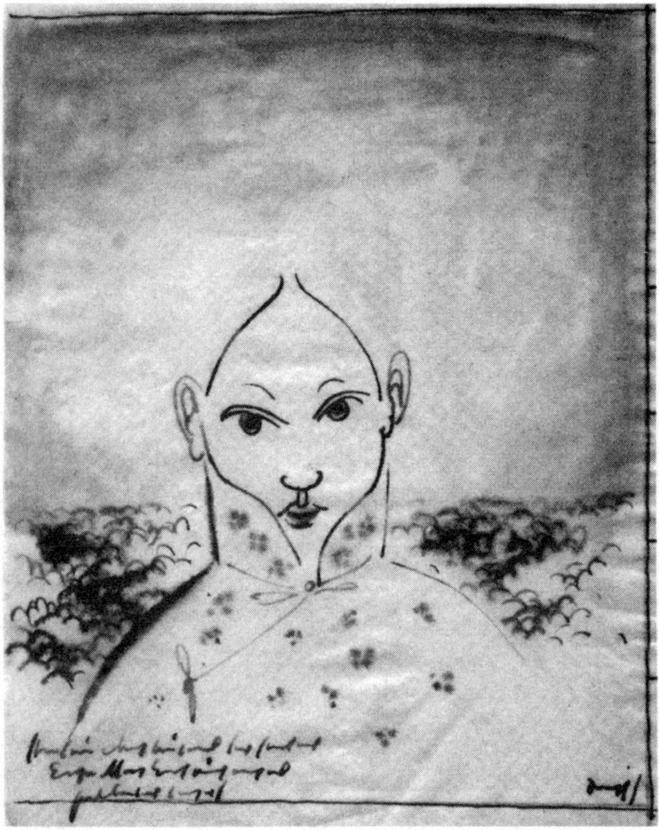

麦地与诗人

询问

在青麦地上跑着
雪和太阳的光芒

诗人,你无力偿还
麦地和光芒的情义

一种愿望
一种善良
你无力偿还

你无力偿还
一颗放射光芒的星辰
在你头顶寂寞燃烧

前面说过,"麦地"是我们这个农耕民族的生存背景,它对于我们年复一年的无私奉献(丰收时期)注定让它成为我们每个人的"赐恩者"。出于对土地和人民的挚爱情感,海子身上形成了一种难以解除的"麦地情结"(是"村庄情结"的重要组成部分),反映出海子对于土地的感恩心理以及对于生命价值的执着追求。这首《麦地与诗人》正昭示了"麦地"与"诗人"之间"价值关系"的思想主题。该诗实质上展开了一场拟想(想象)中的"麦地"与"诗人"之间的"精神对话",从而揭示出作品的深刻内涵。

在这首诗中,"麦地"成了一个对诗人具有"质问"权利的主体形象,它站在发问者的位置上,而诗人则处于被"质问"的客体位置上。"麦地"和"诗人"之间"探讨"的正是

答复

麦地

别人看见你

觉得你温暖,美丽

我则站在你痛苦质问的中心

      被你灼伤

我站在太阳　痛苦的芒上

麦地

神秘的质问者啊

当我痛苦地站在你的面前

你不能说我一无所有

麦地与诗人

有关生命的价值与意义这一重大的哲学命题。在作品的前半部分《询问》一节内容中,"麦地"是"询问者"和"发话者",它指出诗人"无力偿还""麦地和光芒的情义",也"无力偿还""麦地"的"愿望"与"善良",暴露出诗人对于"麦地"(土地)永远的"负疚"心情,其实,"麦地"的"询问"(责问)内在地包含了诗人痛苦的"答复"。在作品的后半部分《答复》一节内容中,诗人对于"麦地"的"询问"作出直接的"答复"(回答),他把"麦地"看成是"神秘的质问者",相当深刻地暴露了这场"对话"的尖锐性质,他们涉及的正是生命的价值与生命的意义是否可能(能否实现)的严峻主题。诗人最终作出了这样的"答复":"当我痛苦地站在你的面前/你不能说我一无所有/你不能说我两手空空",这种包含着内在矛盾的"答复"恰恰暴露出诗人生命理想与生

你不能说我两手空空

麦地啊,人类的痛苦
是他放射的诗歌和光芒!

1987

命追求的"巨大落空",因而在他恳切要求承认他不是"一无所有"和"两手空空"的愿望背后,流露着深刻的心灵痛苦以及对于生命价值与生命意义的固执追求。全诗虽然在表面上采取"麦地"与诗人之间的"问答"形式,然而在实质上,这是诗人灵魂深处的一场"自问自答",它严肃的痛苦和灵魂拷问使作品具有了撼动人心的思想与精神深度。

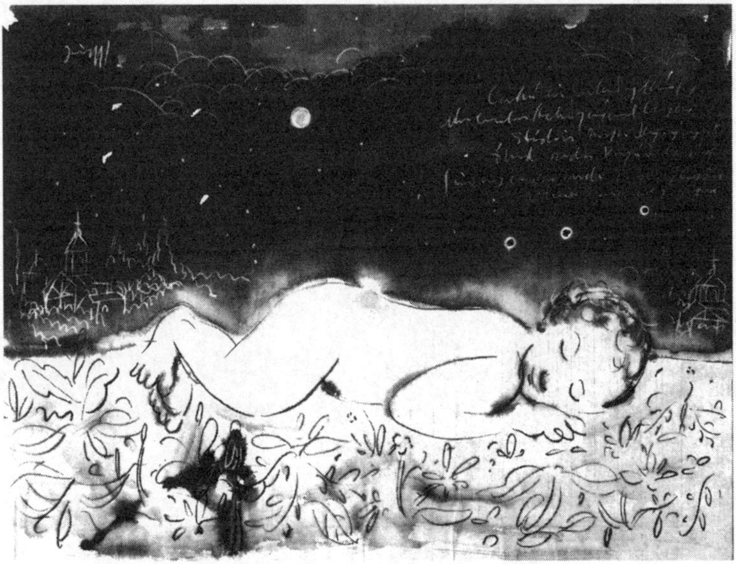

幸福的一日 ——致秋天的花楸树

我无限地热爱着新的一日
今天的太阳　今天的马　今天的花楸树
使我健康　富足　拥有一生

从黎明到黄昏
阳光充足
胜过一切过去的诗
幸福找到我
幸福说:"瞧　这个诗人
他比我本人还要幸福"

在劈开了我的秋天
在劈开了我的骨头的秋天
我爱你,花楸树

1987

秋天是中西方诗人普遍钟情的一个季节,诗人们从这个季节中获得许多珍贵的灵感,写下了许多感人至深的抒情诗篇,或许是这个万物成熟的季节里那一派丰收喜庆、吉祥欢乐的景象深深触动了诗人心灵的缘故吧,海子写过许多以"秋天"为题材与表现对象的抒情短章,大多情调忧伤、消沉,传达了对于"秋天"消极性的情感体验,而这首"秋天诗篇"却洋溢着少见的欢乐明朗的气息。作品的语调是喜悦而兴奋的,带着压抑不住的激动,将诗人对于"秋天的花楸树"及整个"秋天"的热情感受作了"极端化"的表达,以至于诗人在结尾采用了充满暴力色彩的"死亡意象"来呈现他内心里"盛放"不下的"幸福"感受:"在劈开了我的秋天/在劈开了我骨头的秋天/我爱你,花楸树"。从某种意义上说,正是诗人身上那种极端激情的体验方式与表达方式的同时并存,才使得这首给人以"幸福"感受的"秋天诗篇"得以顺利诞生。

重建家园

在水上　放弃智慧

停止仰望长空

为了生存你要流下屈辱的泪水

来浇灌家园

生存无须洞察

大地自己呈现

用幸福也用痛苦

来重建家乡的屋顶

放弃沉思和智慧

如果不能带来麦粒

请对诚实的大地

保持缄默　和你那幽暗的本性

在诗人海子那里，"家园"与"村庄"的含义是不一样的，前者是指一种物质化的实体，后者却是一种精神的隐喻。或者通俗一点说，海子笔下的"家园"基本上是指实实在在的村庄，是具体可感的，而他笔下的"村庄"已经成为象征意义上的"精神家园"，被抽象化了。从这首诗的标题来看，似乎这首诗存在一个"家园被毁"的真实故事背景，我们不妨作这样的理解。整首诗采用了直抒胸臆、自我省思的方式来表达诗人"重建家园"的信念。诗人在作品中宣扬了一种非常诚实而朴素的劳动观念："放弃沉思和智慧/如果不能带来麦粒/请对诚实的大地/保持缄默和你那幽暗的本性"，即反对缺乏实际用处的"智慧"和耽于"仰望长空"的冥思幻想，主张"双手劳动/慰藉心灵"。

风吹炊烟

果园就在我身旁静静叫喊

"双手劳动

　　慰藉心灵"

1987

重建家园

与海子在其他作品中喜欢采用色彩缤纷、丰富繁杂的意象手法相比较，此诗纯粹是运用"白描"手法（没有意象的装饰）写成的，然而由于诗人叙说语调的坦率与真诚，同样给作品带来了很强的艺术感染力。

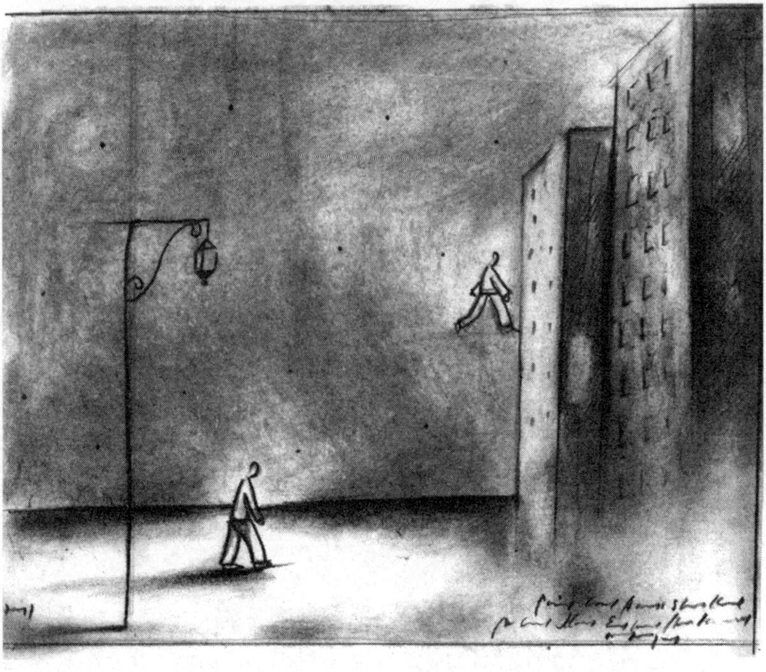

秋

用我们横陈于地的骸骨

在沙滩上写下：青春。然后背起衰老的父亲

时日漫长　方向中断

动物般的恐惧充塞着我们的诗歌

谁的声音能抵达秋之子夜　长久喧响

掩盖我们横陈于地的骸骨——

秋已来临。

没有丝毫的宽恕和温情：秋已来临

1987.8

秋

作为一名浪漫主义诗人，海子的心灵丰富而善感，他对于"秋天"这个季节似乎有着病态般的敏感与关注（海子写过许多与"秋天"有关的诗篇），而且通常都产生一种充满"末日"色彩的情感体验（《幸福的一日　致秋天的花楸树》一诗中所洋溢的欢乐幸福的气息是属于比较少见的情况。）在中国古代，"秋天"是处决犯人的季节，海子对于"秋天"的"丰富"情绪体验或许与此有关吧。这首以"秋"为题的短诗就直接表达了诗人的"死亡体验"。在该诗中，"秋"已经被暗喻成一位"行刑官"，他处决了"我们"的生命与"青春"，并且无情地将"我们"的"骸骨""横陈于地"，正如诗中所说："没有丝毫的宽恕和温情：秋已来临"，便生动地刻画出"秋"极端冷酷无情的"行刑官"形象；而从我们（也即诗人）的角度来看，"我们"似乎也没有充分的理由来逃脱"秋"的残酷刑罚，因为"我们"的"青春"那么容易消逝，而且"我们"缺乏强大的意志与命运抗争（"衰老的父亲"可以理解成主体意志的衰退）。"时日漫长　方向中断/动物般的恐惧充塞着我们的诗歌"这一意象画面则表达了诗人青春的迷惘、前途的未卜，以及由此产生的对于命运的"恐惧"与焦虑感，最后出现了目击自身的"死亡（刑罚）场景"的残酷"幻象"。由此可见，该诗具有浓郁的"虚拟"（想象）色彩，情绪体验方式与表达方式都显得非常冷静、克制，意象奇诡含蓄，十分耐人寻味。

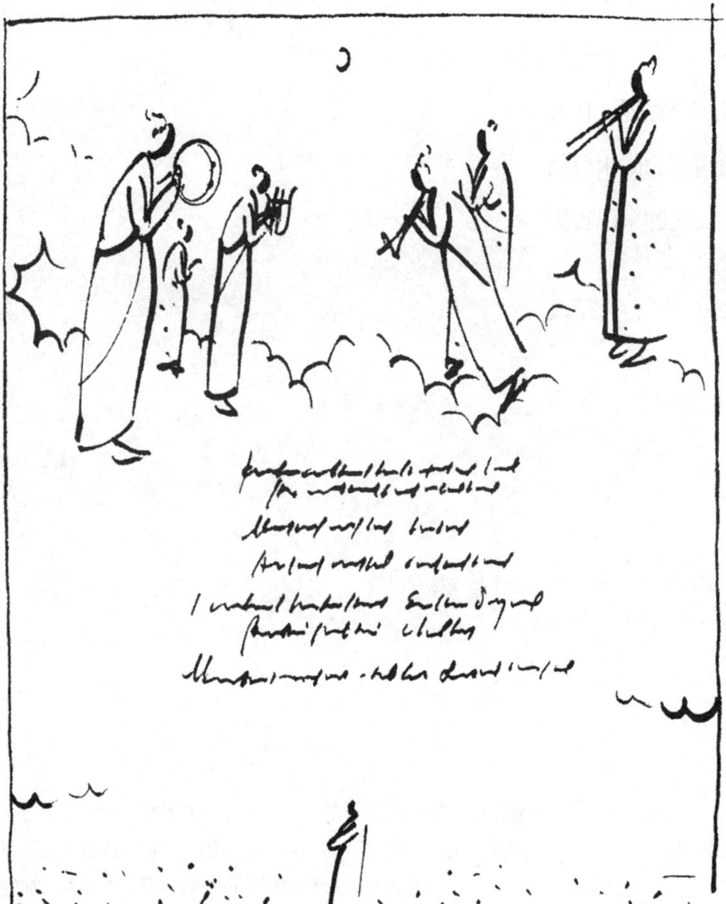

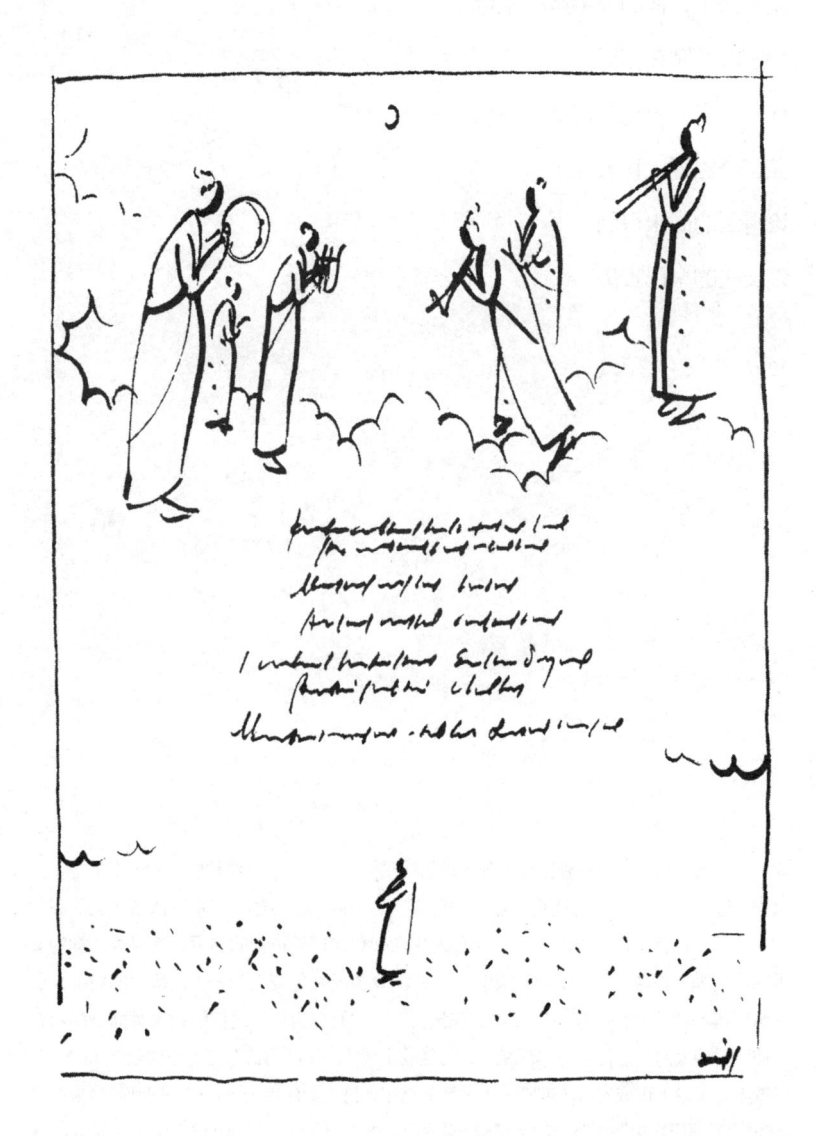

秋

秋天深了,神的家中鹰在集合

神的故乡鹰在言语

秋天深了,王在写诗

在这个世界上秋天深了

该得到的尚未得到

该丧失的早已丧失

1987

这一首《秋》与前一首同题诗作《秋》均表达了一种"末日"情绪体验,然而相形之下,这首《秋》仍然带着某种明亮、温暖的色彩,因为诗人在传达"末日"情绪体验的同时还传达了"神性"情绪体验,表现了他对生命理想痛苦而执着的追寻。作品中"神的家中"、"神的故乡"这一充满"神性"色彩的意象无疑是诗人理想生命境界的象征,而"鹰"可理解成"神的使者","鹰在集合"、"鹰在言语"这样的意象画面则暗示着"神"对诗人的"催促"与"召唤",与随后出现的"王在写诗"这一意象画面("王"是诗人的自喻)构成对应(或呼应)关系。结尾处诗人的痛苦表白:"该得到的尚未得到/该丧失的早已丧失"则明白喻示了诗人崇高生命理想(成为"诗歌的王"进入"神"的行列)的巨大落空。作品节奏鲜明,音乐感强,语调急促,显得焦虑、恐慌,给全诗造成一种紧张的情绪氛围。"秋天深了"这个多次出现的感叹句,犹如四个被施了魔法的咒语式音符,把诗人内在的焦虑、恐惧与绝望情绪毫不留情地"曝光"出来。

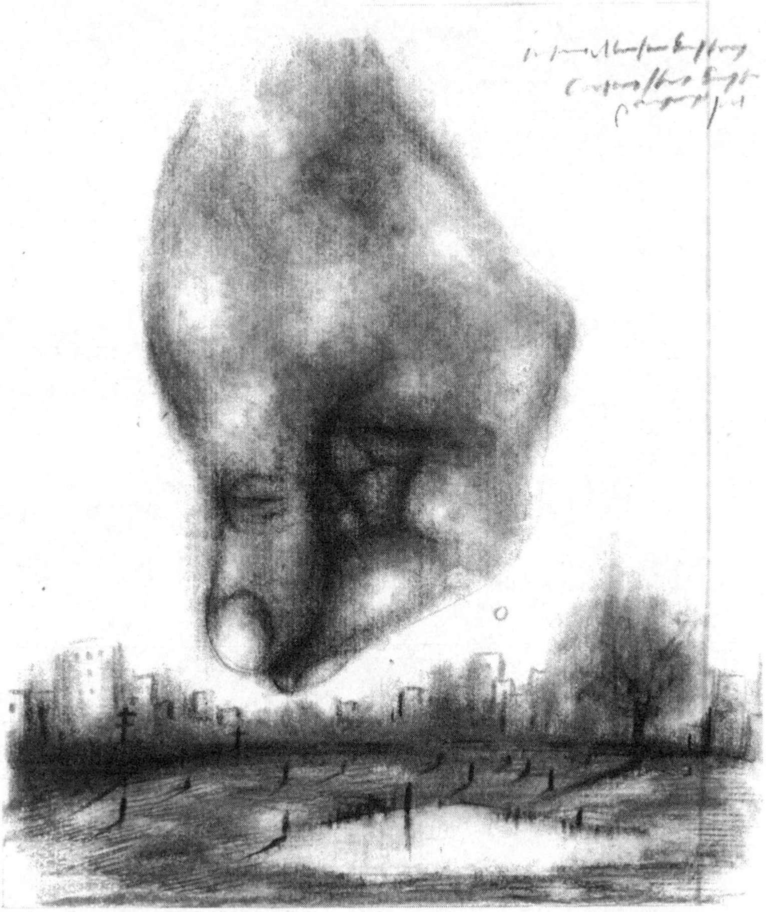

祖国（或以梦为马）

我要做远方的忠诚的儿子

和物质的短暂情人

和所有以梦为马的诗人一样

我不得不和烈士和小丑走在同一道路上

万人都要将火熄灭　我一人独将此火高高举起

此火为大　开花落英于神圣的祖国

和所有以梦为马的诗人一样

我藉此火得度一生的茫茫黑夜

此火为大　祖国的语言和乱石投筑的梁山城寨

以梦为上的敦煌——那七月也会寒冷的骨骼

如雪白的柴和坚硬的条条白雪　横放在众神之山

和所有以梦为马的诗人一样

祖国（或以梦为马）

从受人喜爱与被人推崇的角度来说，这首《祖国（或以梦为马）》可以说是海子影响最为广泛的诗篇，有人夸张性地把它说成是海子抒情诗篇中的《圣经》，由此可见《祖国（或以梦为马）》在读者中间所产生的巨大影响力与感召力。实质上，这是海子抒情诗篇中最具纯粹自传性质（"精神自传"）的一首作品。该诗展示了诗人生命中全部的痛苦、绝望和忧伤，也祖露了诗人生命中全部的追求、抱负和梦想，以其强烈的人格力量而感染读者。

全诗分成九节。在第一至第四节，诗人表达了忠诚于"理想"的坚定信念，这里的"理想"既指诗人的"人格理想"，更指他的"诗歌理想"（"去建筑祖国的语言"）。

我投入此火　这三者是囚禁我的灯盏　吐出光辉

万人都要从我刀口走过　去建筑祖国的语言

我甘愿一切从头开始

和所有以梦为马的诗人一样

我也愿将牢底坐穿

众神创造物中只有我最易朽　带着不可抗拒的死亡的速度

只有粮食是我珍爱　我将她紧紧抱住　抱住她在故乡生儿育女

和所有以梦为马的诗人一样

我也愿将自己埋葬在四周高高的山上　守望平静家园

面对大河我无限惭愧

我年华虚度　空有一身疲倦

"火"的意象在此即喻指"理想"。而开篇处，诗人在"远方的忠诚的儿子"与"物质的短暂情人"之间作出的对于前者的选择，便喻示着"理想"对于"物质"的胜利，为全诗奠定了理想主义的思想基调。诗篇的五、六节，则表现了诗人深刻的生命悲剧意识——"众神创造物只有我最易朽　带着不可抗拒的死亡的速度"，从一个相反的角度表达了诗人因生命理想难得实现而产生的"无限惭愧"和"年华虚度"之感；作品的后三节则重新接续了一至四节的思想线索，诗人在假象性的"再生"（复活）场景中大胆宣布自己的诗歌抱负和人生梦想："和所有以梦为马的诗人一样/我选择永恒的事业/我的事业　就是要成为太阳的一生"。通俗地讲，海子最大的诗歌抱负与人生抱负就是要成为一位"诗歌皇帝"，而非政治意义上的君主（如诗中的"周天子"），让他的"诗歌"能够像"太

和所有以梦为马的诗人一样

岁月易逝　一滴不剩　水滴中有一匹马儿一命归天

千年后如若我再生于祖国的河岸

千年后我再次拥有中国的稻田　和周天子的雪山

　　天马踢踏

和所有以梦为马的诗人一样

我选择永恒的事业

我的事业　就是要成为太阳的一生

他从古至今——"日"——他无比辉煌无比光明

和所有以梦为马的诗人一样

最后我被黄昏的众神抬入不朽的太阳

祖国（或以梦为马）

阳"一样永远"无比辉煌无比光明",从而充分暴露了海子极端浪漫主义的生命理想与诗歌理想。

与作品思想内容的深刻撼人相对应,此诗在艺术表现上的成就也令人瞩目。除了天马行空般狂放不羁的想象与鲜明奇幻的意象让人叹赏外,该诗所发出的"声音"（语调）更值得我们关注。因为此诗通篇的"声音"都是"雄性"的,与海子其他情绪忧伤（或忧郁）的诗篇中所发出的"阴柔"的"声音"对比起来,这种"雄性"的"声音"显示出诗人的另外一种风格,或者其一贯风格中的另一个重要侧面,因而具有不可忽略的价值。具体来说,海子在该诗中发出的"雄性""声音"是一种刚健有力的"语调",它在作品的运作

太阳是我的名字

太阳是我的一生

太阳的山顶埋葬　诗歌的尸体——千年王国和我

骑着五千年凤凰和名字叫"马"的龙——我必将失败

但诗歌本身以太阳必将胜利[①]

1987

[①] 原稿如此。据海子的好友、《海子诗全集》编者西川的解释,"以太阳"意为"以太阳的名义"。

过程中有其"起伏曲线":在一至四节里,作品的语调是坚定的、热烈的、毋庸置疑的,节奏也显得急促、紧凑,到了五、六节,作品的语调变得低沉、忧伤,但并不显得软弱,而从第七节开始,语调又与一至四节相接应,复变得坚定、热烈起来,至第八、九节,语调上升为咏叹调般的高亢、激昂,仿佛诗人用了整个生命在呐喊,倾泻着诗人暴风雨般的激情,使作品达到了情感表达的高潮。简而言之,海子的这首自传性抒情诗正是以"雄性"的"声音"(语调)在反复吟唱中所形成的情绪煽动力,以及作品中所表现出来的诗人的非凡抱负与超人气势而取胜的。

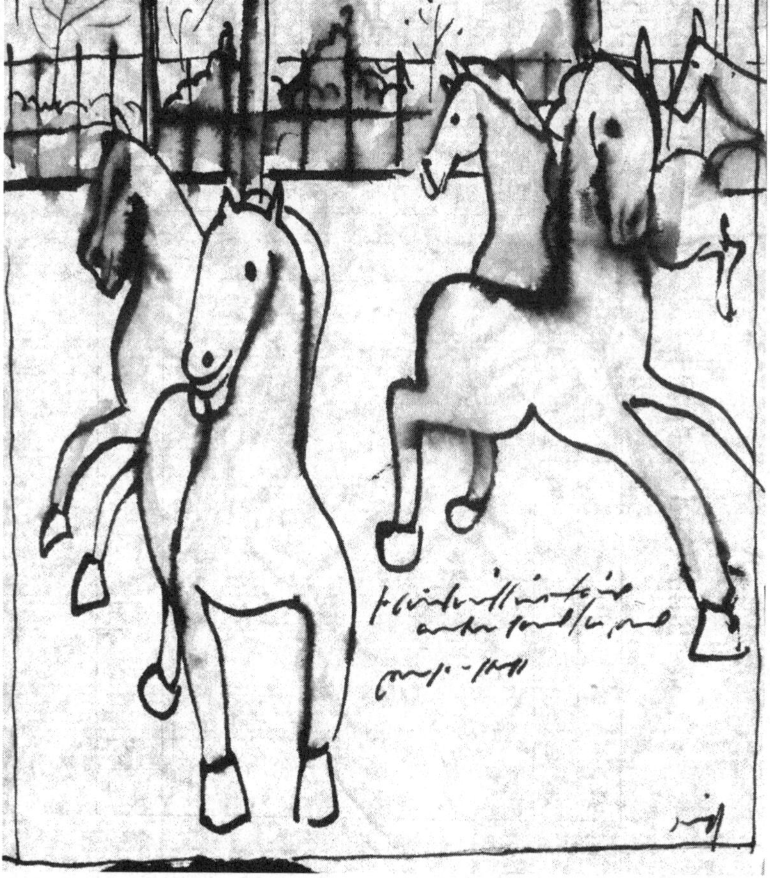

眺望北方

我在海边为什么却想到了你
不幸而美丽的人　我的命运
想起你　我在岩石上凿出窗户
眺望光明的七星
眺望北方和北方的七位女儿
在七月的大海上闪烁流火

为什么我用斧头饮水　饮血如水
却用火热的嘴唇来眺望
用头颅上鲜红的嘴唇眺望远方
也许是因为双目失明

那么我就是一个盲目的诗人
在七月的最早几天
想起你　我今夜跑尽这空无一人的街道
明天，明天起来后我要重新做人

在海子为数不少的表现爱情主题的诗篇中，这首《眺望北方》显得风味独特，因为在其他爱情诗篇里，诗人通常都是通过一些意象或意象画面来抒发他内心的美好情感，而在《眺望北方》里他却采用了"叙事"的方式来表达爱情主题。诗人在此诗中基本上完整地叙述出了一个悲剧性的爱情故事：诗人爱上了一位北方女子，日夜痴情地"眺望北方"，然而由于命运的残酷（诗中说"或许是因为双目失明"），他最终只能怀着"放弃爱情的王位/去做铁石心肠的船长"的痛苦心情去"一座座喧闹的都市"流浪。不过，诗人在诗中所采取的叙述方式又显得非常特殊，它不是那种口语化、再现性的叙事，而是意象化、主观性的叙事。通俗一点说，诗人采用的叙事是与意象手法、抒情手法紧密结合的。比如，诗人在开篇这样叙述他对于那位北方女子的痴情："我在海边却为什么想到了你/不幸而美丽

我要成为宇宙的孩子　世纪的孩子

挥霍我自己的青春

然后放弃爱情的王位

　　去做铁石心肠的船长

走遍一座座喧闹的都市

　　我很难梦见什么

除了那第一个七月，永远的七月

七月是黄金的季节啊

当穷苦的人在渔港里领取工钱

我的七月萦绕着我，像那条爱我的孤单的蛇

——她将在痛楚苦涩的海水里度过一生

1987.7草稿

1988.3改

眺望北方

的人　我的命运/想起你我在岩石上凿出窗户/眺望光明的七星"。由此见出，诗中的叙事与抒情密不可分，而且叙事是由于抒情的力量所推动的，这也是作品中的叙述带有那么浓厚的情感色彩的原因。此外，诗中的叙事还与意象手法相互交融。比如在诗的结尾，诗人叙述了爱情开始与结束的时间背景时（"七月是黄金的季节啊/当穷苦的人在渔港领取工钱"），随即便运用了"那条爱我的孤单的蛇"这一动人意象来表达诗人因失恋而产生的刻骨铭心的痛楚苦涩。由于与抒情、意象手法的有机结合，该诗的叙述既显得流畅连贯，又显得含蓄生动，极具新鲜、感人的艺术情调。

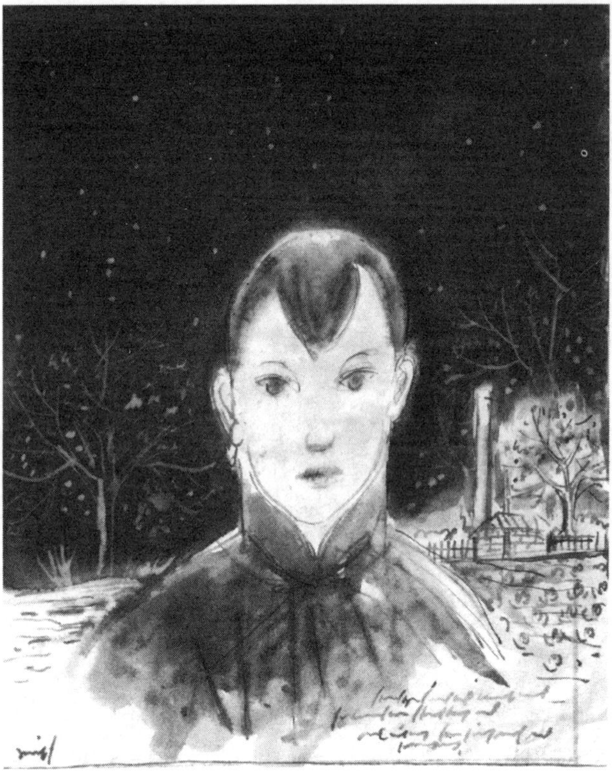

四姐妹

荒凉的山冈上站着四姐妹

所有的风只向她们吹

所有的日子都为她们破碎

空气中的一棵麦子

高举到我的头顶

我身在这荒芜的山冈

怀念我空空的房间,落满灰尘

我爱过的这糊涂的四姐妹啊

光芒四射的四姐妹

夜里我头枕卷册和神州

想起蓝色远方的四姐妹

我爱过的这糊涂的四姐妹啊

四姐妹

"四姐妹"是诗人海子先后爱过的四个女孩,她们因为各种缘故而先后离开了诗人海子,海子在自杀前夕为他所爱过的四个女孩写下了这首纯粹而感人肺腑的诗篇。之所以说它纯粹,是因为诗人用他内心崇高、纯洁的感情美化并神化了这四个女孩的形象,让她们光芒四射,进入到女神的行列,丝毫未沾染一丝一毫的世俗气息,因之显得纯粹而感人至深。

从艺术特色上看,该诗有两点颇引人注目。首先是意象奇幻动人。诗人在表达他对"四姐妹"(这个称呼便显露了诗人的博爱之心)的热烈赞美时,构建了一幅神话般神秘动人的意象画面:"我的美丽的结伴而行的四姐妹/比命运女神还要多出一个/赶着美丽苍白的奶牛走向月亮形的山峰",这幅意象画面显然是超现实的,它神秘超俗的美感是任何写实性

像爱着我亲手写下的四首诗

我的美丽的结伴而行的四姐妹

比命运女神还要多出一个

赶着美丽苍白的奶牛　走向月亮形的山峰

到了二月，你是从哪里来的

天上滚过春天的雷，你是从哪里来的

不和陌生人一起来

不和运货马车一起来

不和鸟群一起来

四姐妹抱着这一棵

一棵空气中的麦子

抱着昨天的大雪，今天的雨水

明日的粮食与灰烬

的意象画面所难以企及的；其次，情绪节奏抑扬起伏、曲折有致。作品由开始的忧伤（第一节）、惆怅（第二节）渐渐转向痛苦、热烈（第三节），随后又发生"变调"，变得惶恐、不安（第四节），最后流露出强烈的绝望和空虚感。这种情绪上的变化与跳跃，既给作品带来动态的美感，也非常生动地表现了诗人复杂丰富的内心情感，从而有力地凸现出作品的主题。

这是绝望的麦子

请告诉四姐妹：这是绝望的麦子

永远是这样

风后面是风

天空上面是天空

道路前面还是道路

1989.2.23

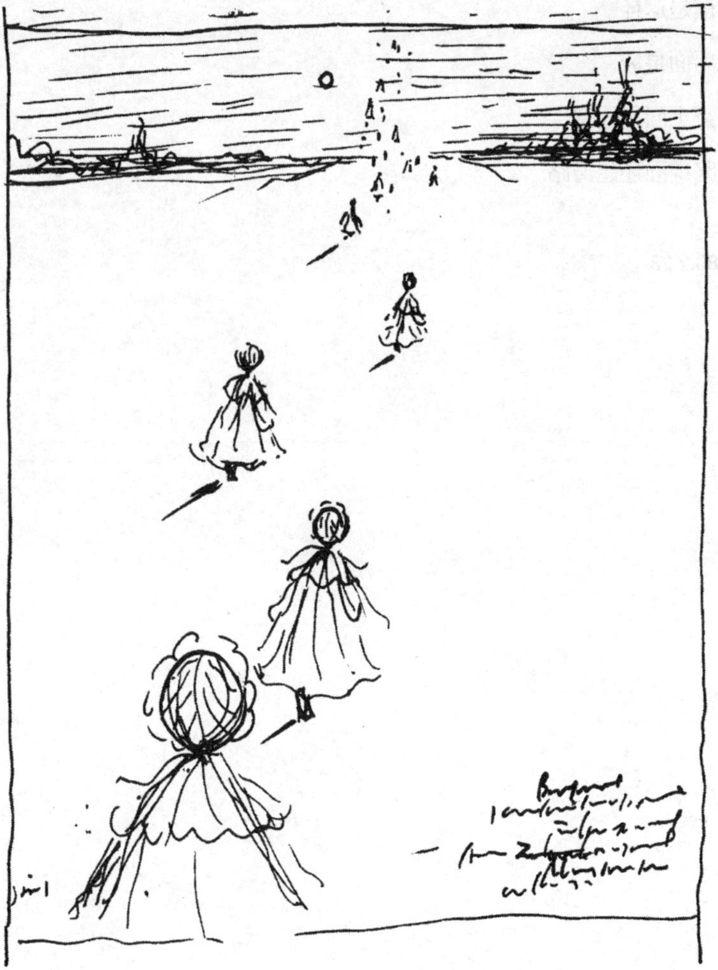

春天，十个海子

春天，十个海子全部复活

在光明的景色中

嘲笑这一个野蛮而悲伤的海子

你这么长久地沉睡究竟为了什么？

春天，十个海子低低地怒吼

围着你和我跳舞、唱歌

扯乱你的黑头发，骑上你飞奔而去，尘土飞扬

你被劈开的疼痛在大地弥漫

在春天，野蛮而悲伤的海子

就剩这一个，最后一个

这是一个黑夜的孩子，沉浸于冬天，倾心死亡

不能自拔，热爱着空虚而寒冷的乡村

春天，十个海子

这是海子的绝笔之作，也是海子对于自身生命的价值和意义进行最后"追问"的"总结性"诗篇。作品既表达了诗人在死后"复活"的强烈愿望与坚定信念，同时又表现了诗人不可抗拒的"死亡冲动"与"死亡意志"，呈现了生命内部的深刻矛盾、冲突与混乱，与作品的标题含义形成对应关系。

此诗设置了两个时空：一个是想象（未来）的时空，另一个是现实（当下）的时空，作品的死亡主题正是在这两种不同的时空中得以展开，并且构成它们内部的冲突与互补关系的。

该诗的一、二节属于想象时空的范畴，表现的是诗人拟想（想象）中的复活场景。诗人对

那里的谷物高高堆起，遮住了窗户
他们把一半用于一家六口人的嘴，吃和胃
一半用于农业，他们自己的繁殖
大风从东刮到西，从北刮到南，无视黑夜和黎明
你所说的曙光究竟是什么意思

1989.3.14凌晨3点—4点

于自己的"死而再生"充满信心，而且对于自己"复活"后的生命状态无比欣赏。"春天，十个海子全部复活"这一复活宣言中所指明的"复活"时间（"春天"）以及"复活"状态（"十个海子全部复活"）均显示了诗人对于生命的无比热爱。在此，"十个海子全部复活"这个超现实的意象（或幻象）喻指海子自我形象的多重性与丰富性，尽管仍然不可避免地包含着阴暗、分裂、变态的成分，但这"十个海子"总体上是"光明"的，"他们"对"野蛮而悲伤的"、"长久地沉睡"的"海子"持质疑和"嘲笑"的态度。而且，这"十个海子"还"围着你和我跳舞，唱歌/扯乱你的黑头发，骑上你飞奔而去"（这里"你"和"我"均是海子不同自我形象的一种代指，刻画出"复活"后诗人的可爱与淘气形象。）总之，这种形象是与诗人的死亡意志呈对立关系的。

春天,十个海子

该诗的三四节则属于现实时空的范畴,表现的是诗人真实的生命状态,与诗人自我想象中的光明、可爱、淘气形象相反,现实中的海子是"一个黑夜的孩子","沉浸于冬天,倾心死亡/不能自拔,热爱着空虚而寒冷的乡村",由此显出诗人身上浓郁的"死亡情结"。随后,诗人在对乡村的回忆中流露了某种对于生的眷恋之感,但在结尾处,强烈的死亡冲动又突然强行闯入诗篇中来,说出它的死亡话语:"大风从东刮到西,从北刮到南,无视黑夜和黎明/你所说的曙光究竟是什么意思",那种紧张的语调以及那个神秘的"你"对于"曙光"的尖锐质问,无疑流露出诗人在听到死神召唤的那一刻内心的巨大焦虑、绝望与混乱,对诗人前面表达的"复活"愿望和信念构成了深刻的内在否定,并且最终使得悲伤、绝望的情绪成为作品的"主色调",让人们只能怀着困惑与惋惜的心情从中品读其深沉动人的"死亡"的"诗意"。

164

夜色

在夜色中
我有三次受难：流浪、爱情、生存
我有三种幸福：诗歌、王位、太阳

1988.2.28夜

夜色

严格一点说，这首小诗根本没有赏析的必要，因为它只是用非常精炼的语言自叙了诗人的生命处境与生命追求，属于一首典型意义上的浓缩式自传诗篇。诗人在诗中所说的"我有三次受难：流浪、爱情、生存"，分别是指诗人因不满现实而萌生的心灵流浪、对于爱情执着追求但最终"两手空空"，以及在贫穷、寂寞中遭受的"难以言说"的"孤独"；而诗人所言的"我有三种幸福：诗歌、王位、太阳"则指出了他生命中崇高追求的"理想序列"：先做一名诗人，然后"跃级"做一位"诗歌的王"（"诗歌皇帝"），最后成为"太阳"（"不朽的神"）。对于了解海子其人与海子生平抱负的人来说，这首小诗具有"通体透明"的性质，用不着再加阐释。不过此诗对于不甚了解海子其人和生平抱负的人而言仍具有重要意义，它能帮助你加深对于诗人作品的理解。

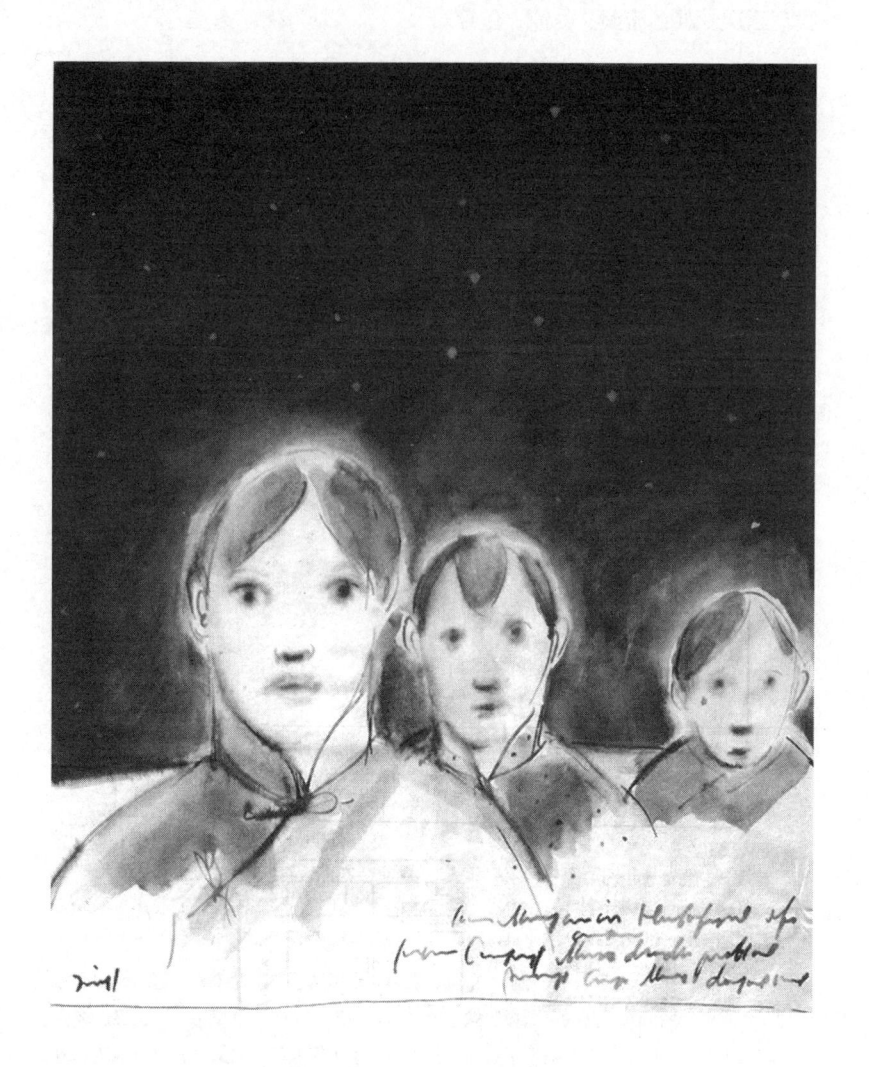

两行诗

1

海水点亮我
垂死的头颅

2

我是黄昏安放的灵床：车轮填满我耻辱的形象
落日染红的河水如阵阵鲜血涌来

3

起风了
太阳的音乐　太阳的马

两行诗

海子在此尝试"两行诗"这种诗体，或许是受到他自己所尝试的"汉俳"诗体的启发所做的进一步的写作实验，以开辟新的写作空间。虽然"两行诗"与"汉俳"在形式方面没有什么特别明显的差别，然而与前面的《汉俳》比较起来，《两行诗》在表现手法与表现技巧方面还是显得更丰富一些（不像《汉俳》主要运用幻觉性意象）。下面试加分析：第一节采用的是暗喻式意象，"点亮"这个动词意象的使用，暗喻"海水"是"一片热情的火焰"或类似性质的事物；第二节采用的是幻觉意象，"我是黄昏安放的灵床"以及"落日染红的河水如阵阵鲜血涌来"，这是在幻觉或错觉状态下才会出现的画面；第三节采用了"博喻"的手法，从不同方面刻画"风"的形象："太阳的音乐"是从"风"的听觉形象上来设喻的，"太阳的马"是则是从"风"的"运动形象"上来设喻的；第四节的表现手

4

在远远被雪山围住的亲人中央
为他画一果实　画两只乳房

5

疾病中的酒精
是一对黑眼睛

6

妹妹瞎了　但她有六根手指
她被荷马抱在怀中

7

寂静太喜爱
闪电中的猎人

法具有超现实主义色彩，其画面内容可以作自由的诠释；第五节运用的是联想性的比喻，意思是说人在"疾病"中想喝酒（等同于"酒精"）时，只可"远观"不可"近饮"，犹如"一对黑眼睛"，保留着视觉上的美感享受。当然，由于这个比喻的主观色彩太浓，费人猜测，也可做他解；第六节运用了拟人手法，把荷马怀中的"六弦琴"拟人化地说成是"妹妹瞎了　但她有六根手指"，极富情趣；第七节（最后一节）同时运用拟人手法与反讽手法，"寂静"本是一种感觉状态，现在将它人格化了，说是"寂静太喜爱/闪电中的猎人"，而从情感体验的角度来说，这种说法是颠倒过来了，不应该是"寂静""喜爱闪电中的猎人"，而应该是"闪电中的猎人""喜爱""寂静"，可见原先的说法属于一种调侃。

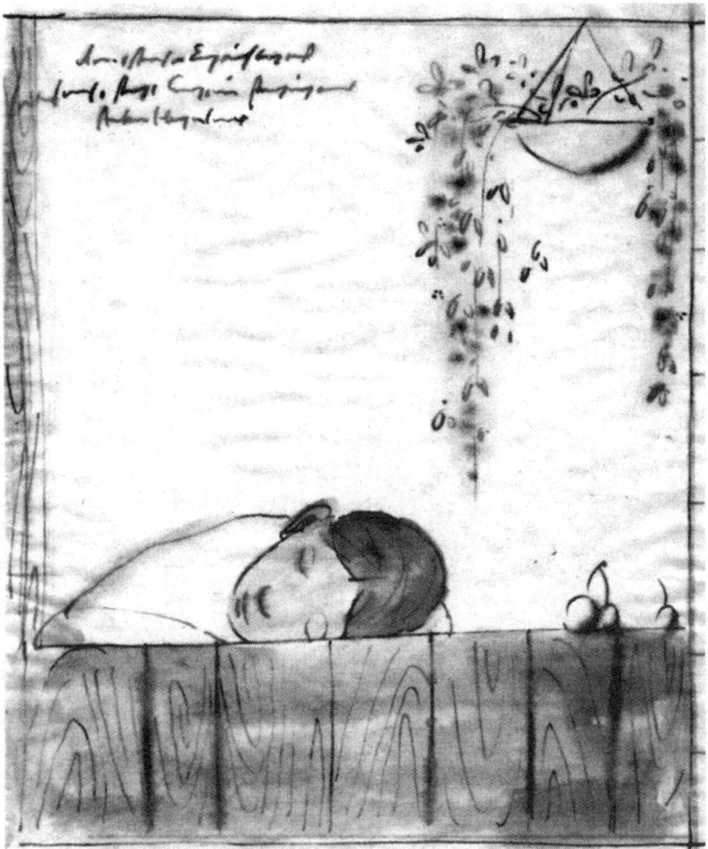

四行诗

1. 思念

像此刻的风
骤然吹起
我要抱着你
坐在酒杯中

2. 星

草原上的一滴泪
汇集了所有的愤怒和屈辱
泪水，走遍一切泪水
仍旧只是一滴

海子的诗体实验意识自觉而强烈，在尝试过"汉俳"、"两行诗"之后，又来尝试"四行诗"了。在某种意义上，我们可以把海子的这组"四行诗"视作古代绝句的"现代版"，因为两者行数相同，但是，海子的"四行诗"无论在语言、意象、手法还是感觉方式、表达方式方面都与古代的"四行诗"（绝句）存在天壤之别。简言之，海子的"四行诗"完全是"现代"的，且具有自己独特的艺术风貌，颇具魅力，下面逐一加以简要阐释。

在《思念》里，诗人用"像此刻的风/骤然吹起"表现思念的突如其来、不可遏止，接下来，"我要抱着你/坐在酒杯中"的内心自白与幻觉场景似乎让人难以理解，其实表达的是诗人通过疯狂饮酒来"思念""你"的一片深情；在第二节诗里，把"星"比作"草原上

3. 哭泣

天鹅像我黑色的头发在湖水中燃烧

我要把你接进我的家乡

有两位天使放声悲歌

痛苦地拥抱在家乡屋顶上

4. 大雁

绿蒙蒙的草原上

一个美好少女

在月光照耀的地方

说　好好活吧，亲爱的人

四行诗

的一滴泪"可谓非常巧妙，暗示出"草原"人民命运的"屈辱"与辛酸，而"泪水，走遍一切泪水/仍旧只是一滴"的独特表达方式又暗示出一种依然如旧的"愤怒和屈辱"，非常到位；《哭泣》表达了由于"美"（"天鹅"的象征）沦落人间的苦难命运而引发的痛苦心情，"有两位天使放声悲歌/痛苦地拥抱在家乡屋顶上"这一似真似幻的"天鹅"（"天使"）哭泣场景，显示了超现实主义手法的动人魅力；《大雁》同样描绘了一幅超现实的美丽场景，但把"大雁"比作"美好少女"，以及由此酿造的温馨氛围，使之洋溢出童话般的迷人气息；第五节具有民间传说色彩，这个故事的重点在表现"强盗"与"强盗的马"之间的情感关系。诗人如此表现这匹马的深通人性："月亮吹着一匹强盗的马/流淌着泪水"。在这里，"吹"这个动词意象具有极深刻的表现力；实际上是说这匹"强盗的

5.①

当强盗留下遗言后
夜深独坐，把地牢当作果园
月亮吹着一匹强盗的马
流淌着泪水

6. 海伦

盲诗人荷马
梦着　得到女儿
看得见她　捧着杯子
用我们的双眼站在他面前

①.原文未列小标题。——编者注

马"看见月亮就睹物思人（主人），于是情不自禁地流泪，现在用了一个"吹"字，暗示"月亮"触动了这匹马，宛如一阵情感的飓风朝这匹"马"的眼睛"吹"过去，于是这匹"强盗的马"就禁不住"流淌着泪水"，显得十分生动有力；第六节表达了盲诗人荷马对于美丽"女儿"（"海伦"的象征含义）的热爱，诗人巧妙地借"海伦"的口吻说出荷马的梦想："梦着得到一个女儿"，以及他的一个表述"奇怪"的愿望："用我们的双眼站在他面前"。诗人不说"用我们的双腿站在他面前"而故意强调"用我们的双眼"，实际传达出双重深刻含义：一是盲诗人荷马在做梦中刚刚复明，因此他特别珍惜明亮的眼睛，他复明后最想看见的肯定是人的眼睛；二是盲诗人荷马无比热爱美丽的女子，而女子的美丽又集中在她风情万种的双目上。由此分析不难看出诗人深厚的艺术功力。

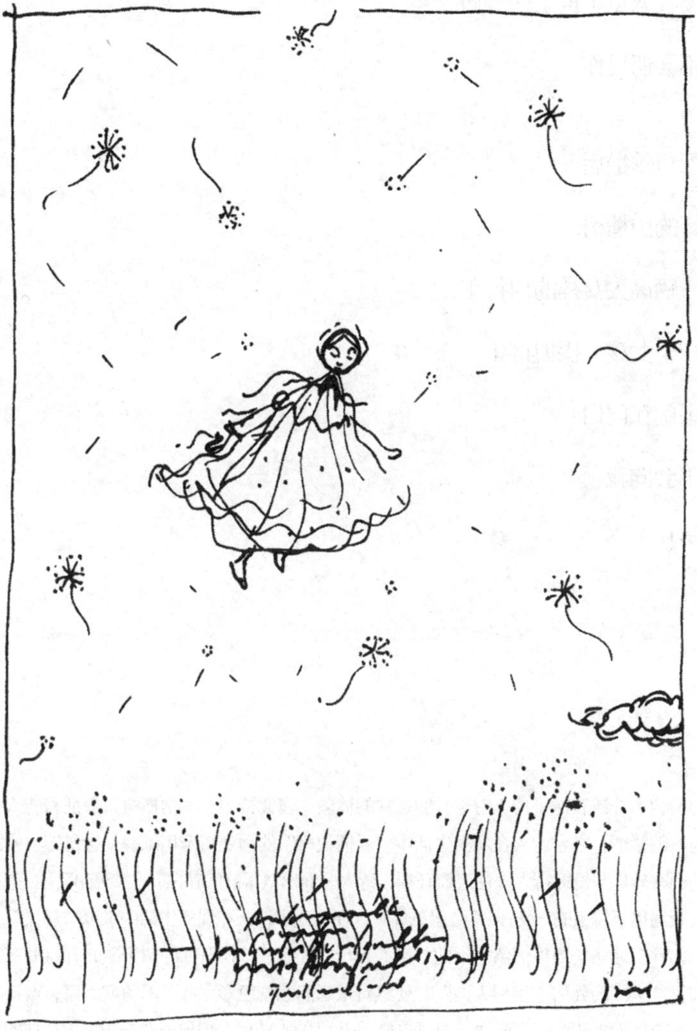

山楂树

今夜我不会遇见你

今夜我遇见了世上的一切

但不会遇见你

一棵夏季最后

火红的山楂树

像一辆高大女神的自行车

像一个女孩　畏惧群山

呆呆站在门口

她不会向我

跑来！

《山楂树》一诗表达了诗人对于爱的孤独的体验。在此诗中，"山楂树"象征着诗人对于大自然的爱情，它是诗人在现实生活中"爱情缺席"的强烈暗示和隐喻，也是诗人爱的情感的一种转移与投射行为。在诗篇开端，诗人表面语气平静的独白："今夜我不会遇见你/今夜我遇见了世上的一切/但不会遇见你"，便流露了诗人在现实生活中难以"遇见"心中恋人的深沉悲伤与绝望情绪。因此，诗人表示要"抱住一棵孤独的树干"，并且要在"山楂树""火红的乳房下坐到天亮"，便具有浓郁的悲剧色彩。从艺术角度而言，该诗的想象堪称奇特而生动。诗人把"一棵夏季最后/火红的山楂树"想象成"一辆高大女神的自行车"，表面上看来颇为牵强，然而把美丽的"山楂树"联想成"一辆高大女神的自行车"

我走过黄昏

像风吹向远处的平原

我将在暮色中抱住一棵孤独的树干

山楂树!一闪而过啊!山楂

我要在你火红的乳房下坐到天亮

又小又美丽的山楂的乳房

在高大女神的自行车上

在农奴的手上

在夜晚就要熄灭

1988.6.8-10

山楂树

正暗示着"爱"和"美"的事物消逝飞速,难以挽留,可谓表达到位。把"山楂树"想象成一个女孩"畏惧群山/呆呆站在门口",既点明了"山楂树"所在的地理位置,也暗示出诗人对于"山楂树"的强烈怜爱之心,表现了他的博爱情怀,不能不说是精确、传神的。缘于此,《山楂树》一诗便拥有不凡的艺术品位。

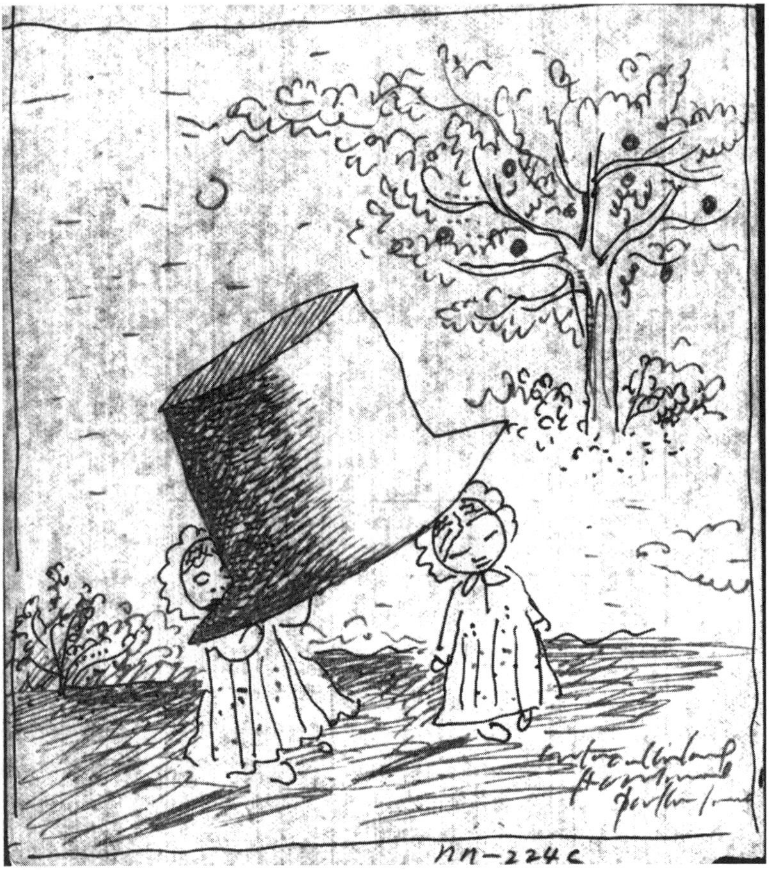
NN-224C

日记

姐姐,今夜我在德令哈,夜色笼罩
姐姐,我今夜只有戈壁

草原尽头我两手空空
悲痛时握不住一颗泪滴
姐姐,今夜我在德令哈
这是雨水中一座荒凉的城

除了那些路过的和居住的
德令哈……今夜
这是唯一的,最后的,抒情。
这是唯一的,最后的,草原。

日记

"德令哈"是一座荒凉偏僻的高原小城,诗人乘车途经德令哈时受到夜色笼罩下的无边"荒凉"景象的深刻刺激,情不能自禁,遂以"日记"的形式写下了这首抒情短诗。该诗构思可谓精妙:诗人通过环境的"荒凉"、冷寂来反衬出他内心情感的炽热似火,并通过反复渲染的手法强化了诗人主体与事物客体的冲突与反差,诗的内在张力及力度由此凸现。此外,全诗在情绪节奏上显得非常流畅连贯,抑扬起伏,转承自然,给人以一气呵成之感。诗中作为倾听者形象的"姐姐",更多的应从象征的意义上去理解。与诗人的"女性崇拜情结"相契合,"姐姐"在此无疑是诗人深沉情感的寄托与慰藉的对象。这首诗并不想阐发什么微言大义,纯粹是在抒发诗人自我的一种忧郁、凄凉而美丽的情绪,达到了纯抒情的境界,具有感动人心的艺术效果。

我把石头还给石头

让胜利的胜利

今夜青稞只属于她自己

一切都在生长

今夜我只有美丽的戈壁　空空

姐姐，今夜我不关心人类，我只想你

1988.7.25火车经德令哈

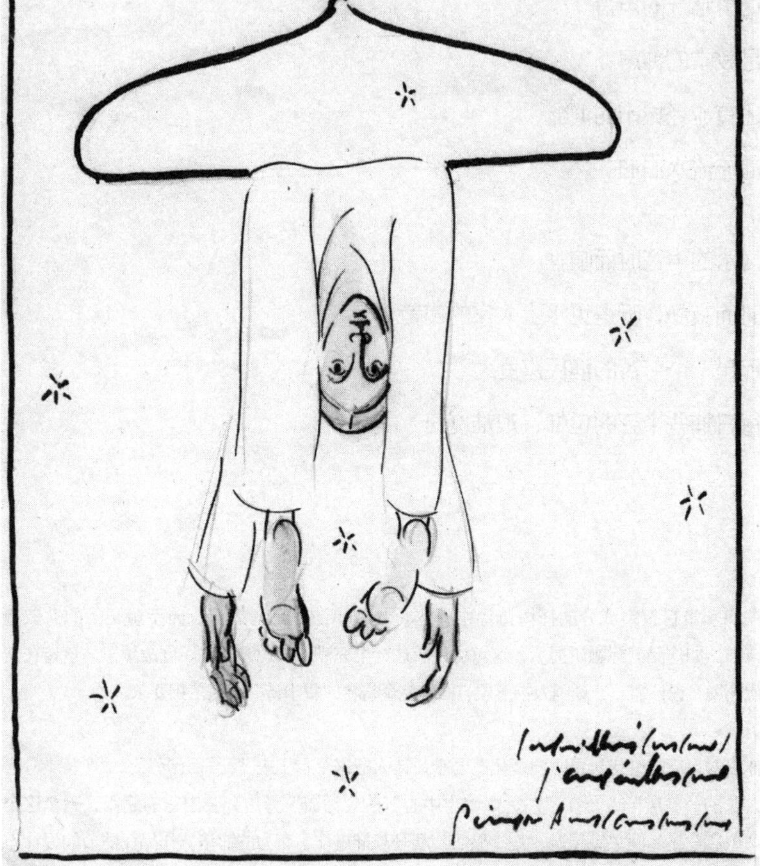

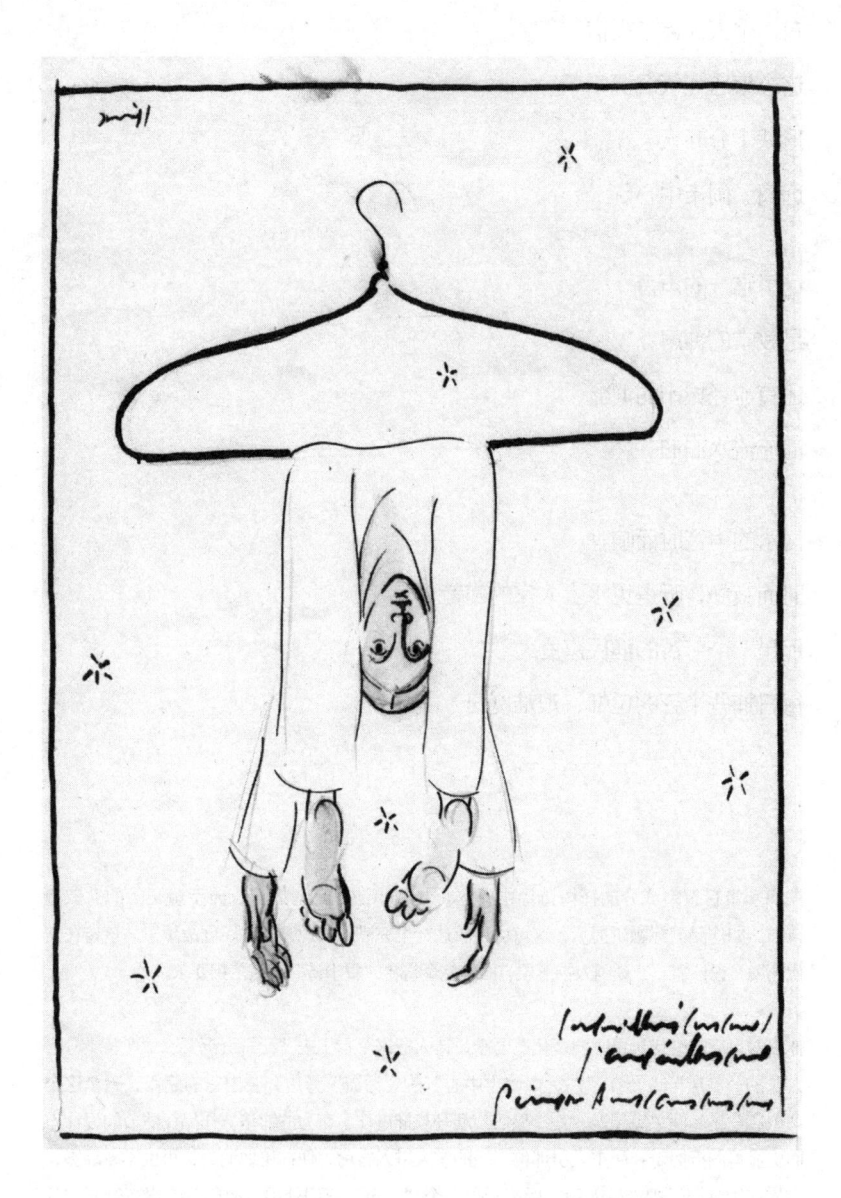

叙事诗 —— 一个民间故事

有一个人深夜来投宿

这个旅店死气沉沉

形状十分吓人

远离了闹市中心

这里唯一的声音

是教堂的钟声

还有流经城市的河流

河流流水汨汨

河水的声音时而喧哗

时而寂静，听得见水上人家的声音

那是一个穷苦的渔民家庭

每日捕些半死的鱼虾，艰难度日

在海子带有叙事成分的抒情诗篇中，这首《叙事诗》可谓真正、典型意义上的"叙事诗"。如作品副标题所提示，这首诗是叙述一个充满恐怖色彩的"民间故事"。该诗在交代环境、设计情节、刻画人物形象方面均完全符合"叙事诗"的规范和要求。

作品对环境的交代具备"典型化"要求，诗人把这个看上去"死气沉沉"、"形状十分吓人"的"旅店"设置在了"远离闹事中心"的"河流"旁边，突出它的偏僻，暗示这个"旅店"是一间"鬼屋"，为作品情节展开与推进作了有力的铺垫。作品在情节的设计方面更显得曲折离奇：店主人引那位年轻的客人进入客房，便神秘地消失，再也不露踪影，客人在困惑疑惧中难以入眠，后来听见一个"儿童"在门外用"凄厉"的声音喊叫"开

这人来到旅店门前

拉了一下旅店的门铃

但门铃是坏的

没有发出声音,一片寂静

这时他放下了背上的东西

高声叫喊了三声

店里走出店主人

一身黑衣服活像一个幽灵

这幽灵手持烛火

话也说不太清

他说:"客人,你要住宿

我这里可好久没有住人"

叙事诗

门",然而也屡次不见踪影,似乎暗示着什么不祥的事情在发生,最后客人在恐怖的气氛里发现"店主人"原来是被人杀害、藏在客房床板底下的鬼魂与幽灵,恐怖的气氛随之达到高潮。此外,诗中的人物形象也十分鲜明突出,"店主人"的谨慎、懦弱、无辜,以及那位年轻客人的血气方刚、胆大心细给人留下了深刻印象。

此诗表现出诗人出色的叙述才能。诗人采用清新质朴的语言把这个恐怖离奇的"民间故事"叙述得十分明晰、生动,叙述节奏流畅连贯,将恐怖的气氛逐层渲染,最后水到渠成地把恐怖气氛推向了高潮。在叙述过程中,诗人还充分调动了叙述的技巧,主要体现为"伏笔"手法的运用。比如,作品在开始时描绘"店主人"的外表形象是"一身黑衣服活

客人说:"为什么
这里好久没有住人"
主人说:"也许是太偏僻
况且这里还不太平"

"没关系",那人血气方刚
嗓门洪亮,一听就是个年轻人
说:"主人,快烧水做饭
今夜我要早早安顿"

店主人眨着双眼
把客人引入门厅
房子又黑又破
听得见大河的涛声

像一个幽灵"、"话也说不太清",并且叙述了他对于客人的忠告:"客人,你要住宿/可我这里好久没有住人",由此隐约暗示出这位"店主人"及"旅店"的神秘兮兮。随后,诗人有意突出了店主人手持的那根"蜡烛"形象,至结尾处诗人叙述这位客人把"床底下被绑着"的那个人拖出来,"发现那人口袋里有一只蜡烛",由此构成了前后情节上的对照与呼应关系,使读者读至此处禁不住心领神会,恍然大悟,体现出诗人的叙述智慧,也使这首"叙事诗"真正拥有了"叙事"的魅力与感染力。从此诗中我们能够发现,诗人海子不仅具有杰出的抒情才华,也具有不俗的叙事才能,显示出诗人海子在诗歌创作领域里令人刮目相看的综合能力。

河面上吹来的风

吹熄了主人手上的蜡烛

他走进里面

把客人留在黑暗中

伸手不见五指

客人等了又等

还是不见主人

他高声叫喊:"主人!主人!"

没人答应

他摸黑走向里屋

一路跌跌撞撞

这屋里乱七八糟,黑咕隆咚

屋子里发出声音

他在窗台上摸到一盏灯

举起来晃了晃,灯里面没有油

他又将灯放回原处

他推开窗户

河水的气味迎面而来

他稍微停顿一下
站在那里发愣

但他还是心神不宁
借河面上渔船的灯光点点
微光反入这黑屋子
看清了这个房间的大致

屋子里只有一张床
什么也没有
那么他刚刚跌跌撞撞
弄碎和弄响的究竟是些什么东西

是不是鬼怪和幻影?
他的心开始有些发毛
刚刚平息下来的心跳
又似一面绷紧的鼓手狠狠捶击的鼓

他在床上坐下
恐怖的故事涌入头脑
他连衣服都没脱
就钻进了那潮湿的被窝

行李扑通一声

跌在地上

在寂静中

这声音显得格外的响

他怎么也睡不着

到半夜,河水声小了

没有一点声音

他更加睡不着觉

翻来覆去,全都是

使他内心恐惧

的幻影和声响

这时一个尖利的儿童声响起

在深夜,这儿童的声音

多像是孤独的墓穴中

一片凄惨的鸟鸣

他听清了,这儿童在喊

"舅舅,舅舅,放我进来"

"舅舅,舅舅,放我进来"

"开门,舅舅"
"开门,开门"

同时有声音捶打着这个房门
这客人连忙起身
下床开门
门外没有一个人影

他又重新躺下
更加不能入眠
这时童声重新响起:
"舅舅,舅舅,开门"
一声比一声凄厉
这个陌生人
一身冷汗
把头也钻到被窝里

但是声音更响
仿佛刀刺在他耳朵上
仿佛这儿童
就在他耳朵里尖叫

他猛地拉开门

但是没有人

他怀疑自己的耳朵

只好把门关上

叫声又响起

还是和刚才一样

他起来,抖嗦着

再重新打量房间

他看见河面上的灯火少了

那微光更弱

但能辨清轮廓

他看清这屋里只有一张床

他的心抽紧了一下

会不会床底下有什么

他伸手向床下摸去

并没有什么

可这时声音又响起

更加激烈,他把手

向回抽时，感到

床底下有人

他的血液凝固

心脏几乎停止了跳动

于是他摸向那儿

原来那床板底下绑着一个人

他吓得没有声音

把手抖嗦着收回

摸出刀子，割断了

那捆绑的绳索

他把那人拖出来

放到房间中央

发现那人口袋里有一支蜡烛

还有一根火柴

他点亮这短短一寸的蜡烛

火烛下看清那人是店主人

已经死了，看样子

已经死了好几天

这死尸躺在他的房间里

这死了好几天的死尸

刚才还引他进门

又被绑在他的身下

这个陌生人额头冒出冷汗

全身都被浸湿

他马上就要昏过去

这时蜡烛也已熄灭

1989.1.17

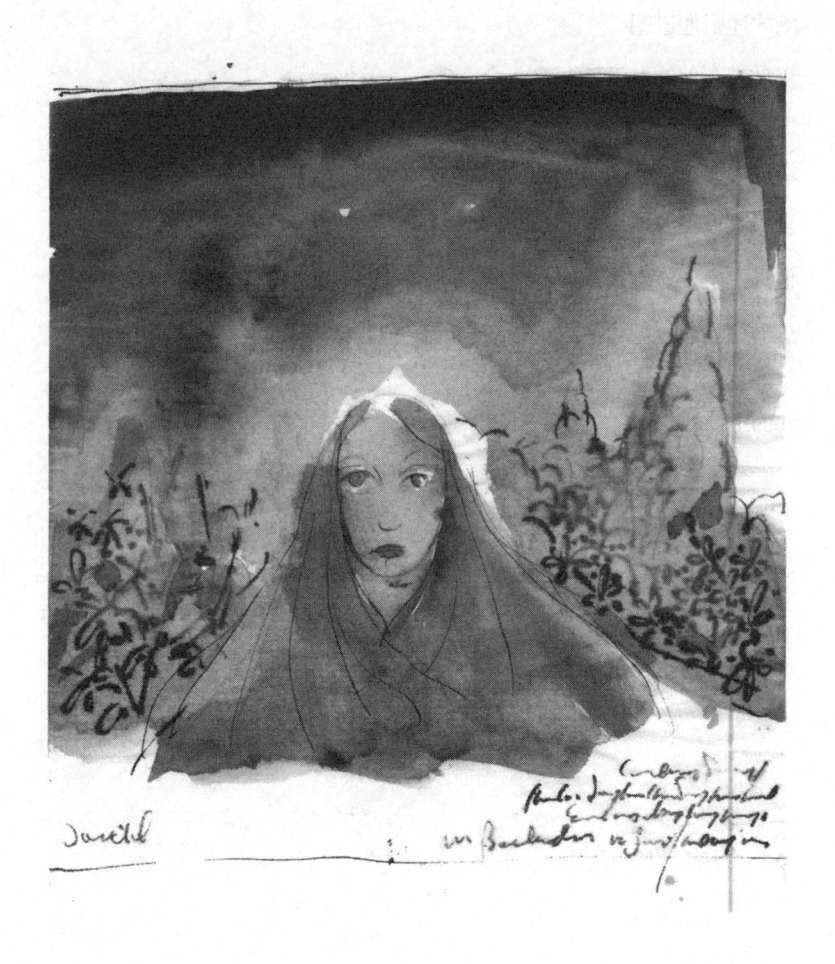

遥远的路程 十四行献给89年初的雪

我的灯和酒坛上落满灰尘

而遥远的路程上却干干净净

我站在元月七日的大雪中,还是四年以前的我

我站在这里,落满了灰尘,四年多像一天,没有变动

大雪使屋子内部更暗,待到明日天晴

阳光下的大雪刺痛人的眼睛,这是雪地,使人羞愧

一双寂寞的黑眼睛多想大雪一直下到他内部

雪地上树是黑暗的,黑暗得像平常天空飞过的鸟群

那时候你是愉快的,忧伤的,混沌的

大雪今日为我而下,映照我的肮脏

我就是一把空空的铁锹

铁锹空得连灰尘也没有

遥远的路程

对于人性的关注、思考与表现一直是海子诗歌创作中的重要主题。从海子的人格理想来看,海子是鄙视与反对人性的"堕落",而崇尚生命的"神性"境界。诗作的标题"遥远的路程"隐喻着诗人自己欲由"堕落"的人性达到光明的"神性"需要经历漫长的精神历程。这一主题的呈现,是由诗中"我"与"大雪"(以及"雪地")这两个形象之间的对立关系传达出来的。在作品中,我的形象代表着"人性"的"肮脏"、阴暗、顽固不化,而"大雪"象征着"神性"(美好"人性"的极端形式)的纯洁、光明、灵气盈盈。"大雪"的形象对于"我"而言是一种"神性"的"照耀"和"提升",这就是"大雪使屋子内部更暗,待到明日天晴/阳光下的大雪刺痛人的眼睛,这是雪地,使人羞愧"这一表面写实的雪景背后的内在深刻寓意。近结尾处诗人的感悟式自白"大雪今夜为我而下,映照

大雪一直纷纷扬扬

远方就是这样的,就是我站立的地方

1989.1.7

我的肮脏",可以视作全诗的"点睛之笔",它既阐明了"大雪"与"我"的"对立"关系,也点明了作品的主题。而结尾出现的"远方就是这样的,就是我站立的地方"这一表面"意思不通"的总结性独白,暗示着"远方"不能从"实在"的层面上去作理解("远方"是一种精神境界的象征),从而既呼应了诗作的标题,也进一步深化了作品的主题,显示出诗人构思的巧妙与艺术匠心。

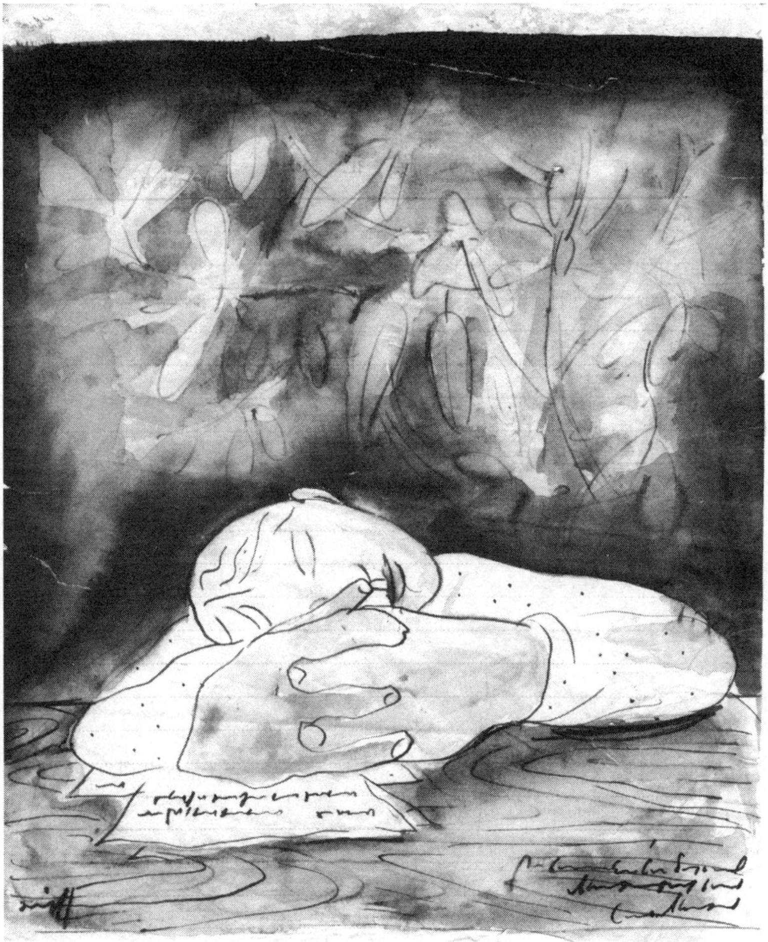

面朝大海，春暖花开

从明天起，做一个幸福的人

喂马，劈柴，周游世界

从明天起，关心粮食和蔬菜

我有一所房子，面朝大海，春暖花开

从明天起，和每一个亲人通信

告诉他们我的幸福

那幸福的闪电告诉我的

我将告诉每一个人

给每一条河每一座山取一个温暖的名字

陌生人，我也为你祝福

愿你有一个灿烂的前程

愿你有情人终成眷属

与海子的著名诗篇《祖国（或以梦为马）》相类似，这首诗被人们广为传诵，其重要原因即在于该诗具有纯粹的"吟唱"性质。这首诗由于语言朴实，意思明晰，不存在理解上的任何障碍，因而对它采用"吟唱"或"朗诵"的方式不失为一种最佳的"解读"方法。从作品朗诵时的声音效果来看，这首诗的音调是欢快、幸福的，充满温馨之感，表现了诗人对于日常生活和整个世界的热爱与眷恋。然而从诗人的真实灵魂状态着眼，则能"听出"作品"欢快"、"幸福"语调之外的另一种声音："漠然"、"沉痛"。这种"漠然"、"沉痛"的声音构成了作品的"深层音调"，与作品"欢快"、"幸福"的"外表音调"形成内在冲突。分析起来，作品的"深层音调"从"我有一所房子，面朝大海，春暖花开"这一带有"隐遁"色彩的意象画面即开始显露，至结尾四句，尤其是"我只愿面朝大

愿你在尘世获得幸福

我只愿面朝大海，春暖花开

1989.1.13

面朝大海，春暖花开

海，春暖花开"这一"隐遁"意愿的再次强调，作品的"内在音调"便得到了"定型"，流露出诗人内心深处受到伤害而对"尘世"产生的冷漠与厌倦心态。因此，朗诵这首诗时把它的"外表音调"（欢快、幸福）渲染得愈加充分，作品的"深层音调"（漠然、沉痛）也就显得愈加令人惊心，由此构成了作品的"外在情感"（表面的幸福、热爱）与作品的"内在情感"（实际的冷漠、厌倦）之间的深刻矛盾，使得该诗因为具备情感表现上的张力而更能打动人心。

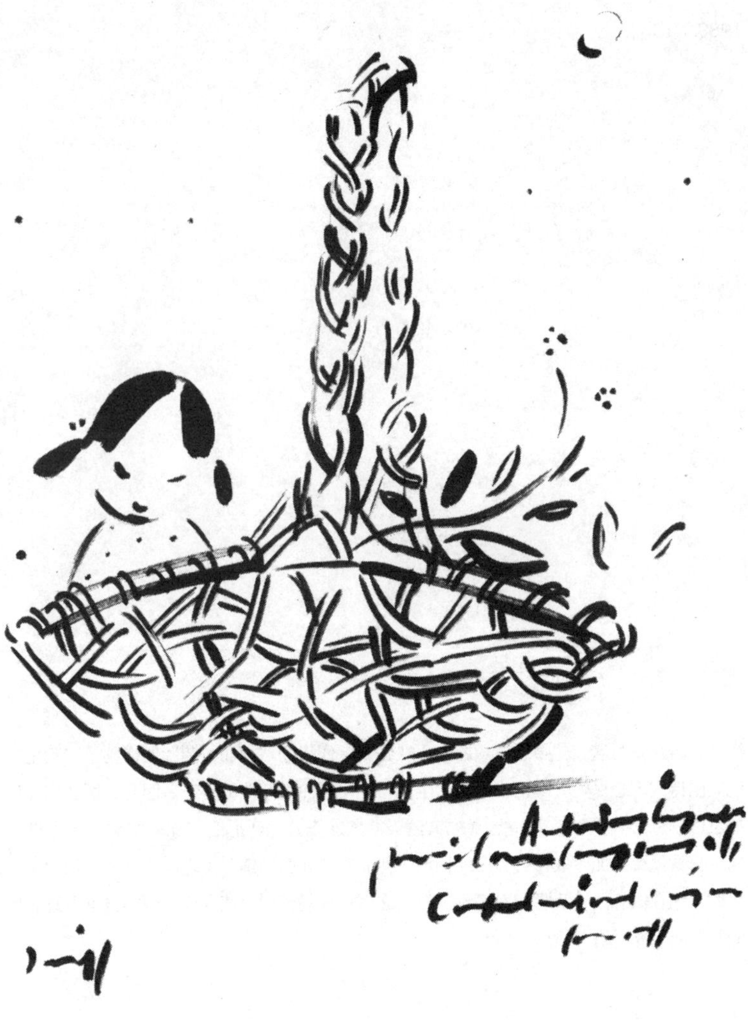

黎明（之二） （二月的雪，二月的雨）

我把天空和大地打扫干干净净

归还给一个陌不相识的人

我寂寞地等，我阴沉地等

二月的雪，二月的雨

泉水白白流淌

花朵为谁开放

永远是这样美丽负伤的麦子

吐着芳香，站在山冈上

荒凉大地承受着荒凉天空的雷霆

圣书上卷是我的翅膀，无比明亮

有时像一个阴沉沉的今天

圣书下卷肮脏而欢乐

黎明（之二）

在天才型的诗人与艺术家那里，"灵"与"肉"的"分裂"与冲突往往是难以逃避的精神现象，只不过各人的"患病"程度有所差别。海子在此诗中以隐喻、象征的手法暴露了他身上"灵"与"肉"彻底"分裂"的残酷精神现实。

海子在此诗中设置了两组意义和情感对立的隐喻或象征性意象：一组是"天空"与"圣书上卷"，另一组是"大地"与"圣书下卷"。前者代表"灵"，代表人性的美好部分，直接通向或抵达"神性"；后者代表"肉"，代表"人性"的"堕落"部分，与"兽性"相等同。在这两种力量的激烈较量中，诗人只得承受着人格彻底"分裂"的难言痛苦，因而全诗始终笼罩着"阴沉"的情调。

当然也是我受伤的翅膀

荒凉大地承受着更加荒凉的天空

我空荡荡的大地和天空

是上卷和下卷合成一本

的圣书，是我重又劈开的肢体

流着雨雪、泪水在二月

1989.2.22

从艺术性方面看，该诗最大的特点是想象的大胆、动人。从宏观角度上，诗人把自己的身体的上半部（代表"灵"）想象成天空，而把自己的下半部（代表"肉"）想象成大地，不能不令人暗叹诗人的这种"想象气势"；而从微观角度上，诗人把自己的灵魂暗喻成"圣书上卷"，把自己的肉体暗喻成"圣书下卷"，其想象可谓鲜明生动。结尾处，诗人把天空和大地说成是"我重又劈开的肢体"，并把二月的雨雪说成是他"劈开的肢体所流下"的"泪水"，其想象的残酷达到了撼人心魄的程度。缘此，尽管此诗的思想情调悲观、绝望，但仍具有不容否认的艺术审美价值。

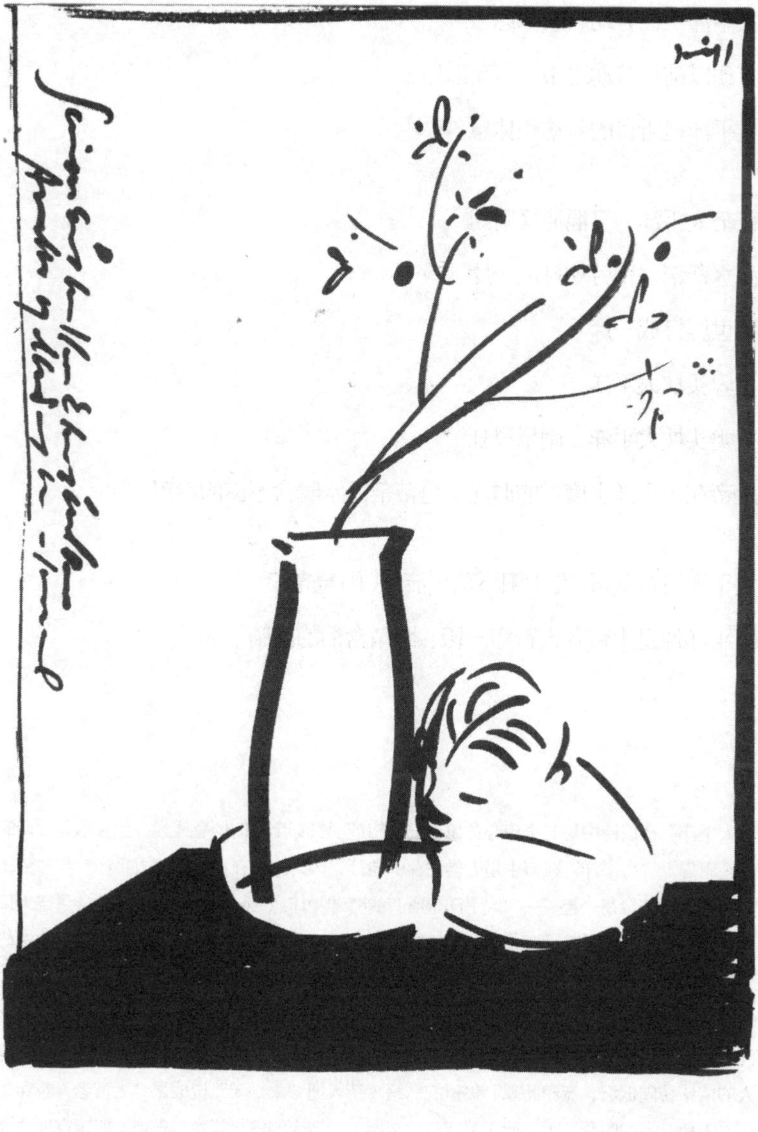

太平洋的献诗

太平洋　丰收之后的荒凉的海

太平洋　在劳动后的休息

劳动以前　劳动之中　劳动以后

太平洋是所有的劳动和休息

茫茫太平洋　又混沌又晴朗

海水茫茫　和劳动打成一片

和世界打成一片

世界头枕太平洋

人类头枕太平洋　雨暴风狂

上帝在太平洋上度过的时光　是茫茫海水隐含不露的希望

太平洋没有父母　在太阳下茫茫流淌　闪着光芒

太平洋像是上帝老人看穿一切、眼角含泪的眼睛

"太平洋"在该诗中是一个核心意象，它既构成了贯穿全篇的情感线索，也喻示着该诗的主题思想。"太平洋"在诗中是人类生存的象征，因为诗人在诗中把"太平洋"与"劳动者"的形象结合在一起——"太平洋是所有的劳动和休息"。因而可以说，此诗是诗人采用总体象征的手法来表现他对待生存的态度的。不过，假如诗人只是静态地表达他对待生存的态度与观点的话，那么作品就会显得比较单调和枯燥，这首诗的优点在于诗人表达他对待生存的态度与观点时显示了情感的流动性与变化性：在第一节里，诗人对于"太平洋"是持肯定与欣赏态度的；第二节则上升为对"太平洋"的礼赞与祈愿；到第三节，诗人的情绪转向低沉，流露悲观、失望的情绪（诗人把"太平洋"说成是"上帝老人看穿一切，眼角含泪的眼睛"）；而在第四节（结尾），诗人的情绪复变得乐观开朗，宣称"今

眼泪的女儿，我的爱人

今天的太平洋不是往日的海洋

今天的太平洋只为我流淌　为着我闪闪发亮

我的太阳高悬上空　照耀这广阔太平洋

1989.2.2

天的太平洋只为我流淌　为着我闪闪发光/我的太阳高悬上空　照耀这广阔太平洋"，以抒发他热爱生命的热烈情绪（"我的太阳"在此象征着诗人的理想与希望）。由此形成该诗在情绪节奏上的抑扬起伏、曲折变化的特点，有效地增加了作品的艺术感染力。

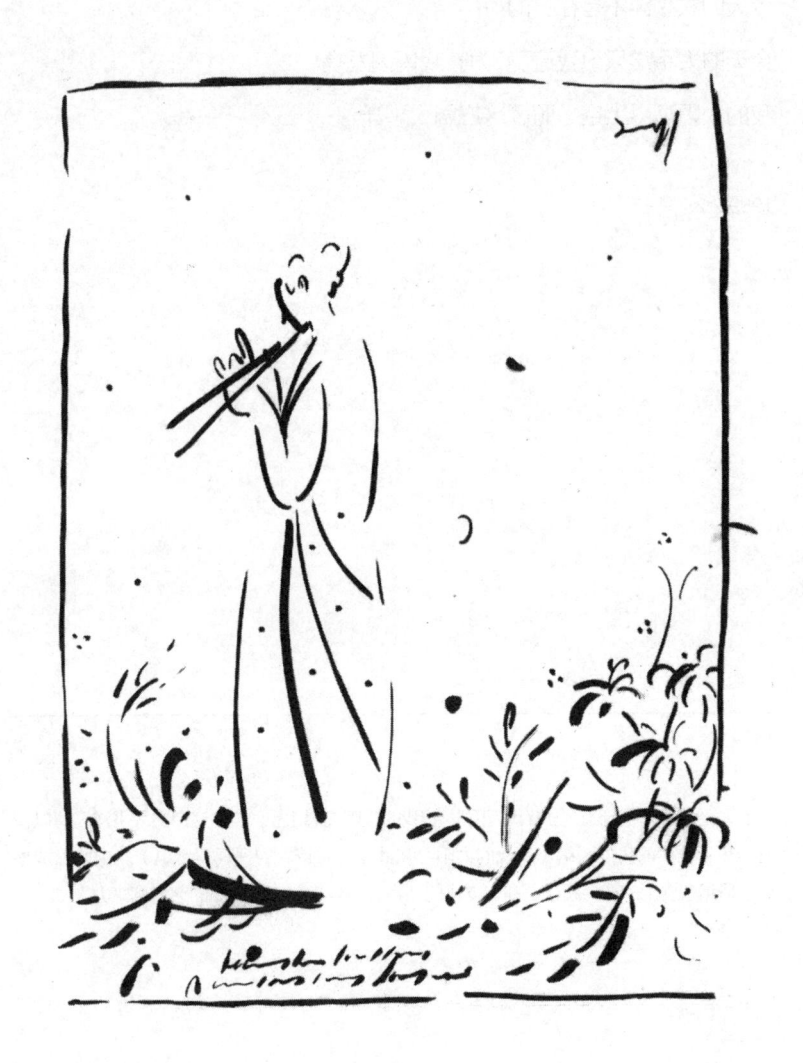

黑夜的献诗   献给黑夜的女儿

黑夜从大地上升起
遮住了光明的天空
丰收后荒凉的大地
黑夜从你内部上升

你从远方来，我到远方去
遥远的路程经过这里
天空一无所有
为何给我安慰

丰收之后荒凉的大地
人们取走了一年的收成
取走了粮食骑走了马
留在地里的人，埋得很深

黑夜的献诗

"原创性"对所有的诗人而言都是一个极具诱惑力的词语，它意味着摆脱所有前辈及同辈诗人影响的那种"返璞归真"式的创造力，由此构成了许多诗人终身追求但未必能如愿以偿的创作目标与梦想。在海子数量众多的优秀诗篇中均体现出程度不同的原创性，原创性在这首《黑夜的献诗》里表现得最为典型。该诗的原创性主要体现在两个方面：其一，意象的原创性。诗人为表现黑夜里丰收之后的大地的荒凉景象，勾勒出两幅具有连续意义的视觉意象："黑夜从大地上升起/遮住了光明的天空/丰收后荒凉的大地/黑夜从你内部上升"，这两幅视觉意象画面充满神奇的灵视色彩，把人们对于黑暗与荒凉的内心感受作了"本真"意义上的"描绘"与揭示，似乎是信口说出，却已经是浑然天成，都把话说尽了。而在随后出现的"我在丰收中看到了阎王的眼睛"这一幻觉意象，也具有同样的意

草杈闪闪发亮,稻草堆在火上
稻谷堆在黑暗的谷仓
谷仓中太黑暗,太寂静,太丰收
也太荒凉,我在丰收中看到了阎王的眼睛

黑雨滴一样的鸟群
从黄昏飞入黑夜
黑夜一无所有
为何给我安慰

走在路上
放声歌唱
大风刮过山冈
上面是无边的天空

1989.2.2

味。其二,情绪的原创性。通常而言,人们在黑夜和荒凉的大地上一般会感觉到荒凉、空虚乃至恐惧。诗人却体验到一种荒凉、空虚(而无恐惧)与奇妙的心灵慰藉相混合的"黑夜情感"——"黑夜一无所有/为何给我安慰",将人们对于"黑夜"的通常难以体验到的奇特情绪从潜意识状态中释放(暴露)出来,在读者中引起广泛的共鸣。诗人在诗中发出的黑夜独白——"为何给我安慰"仿佛是一声天问,传达出一种天启般的情感体验,具有无法抗拒的神奇感染力。海子生前表示要以"黑夜"为题写出"一首真正伟大的诗,伟大的抒情的诗",以充分表达他对于黑夜一贯怀有的浪漫主义式的痴迷情感(这也是诗作副标题"献给黑夜的女儿"的寓意所在)。而从这首充满原创性魅力的黑夜诗篇看来,诗人的宏伟心愿可以说基本得到了实现。

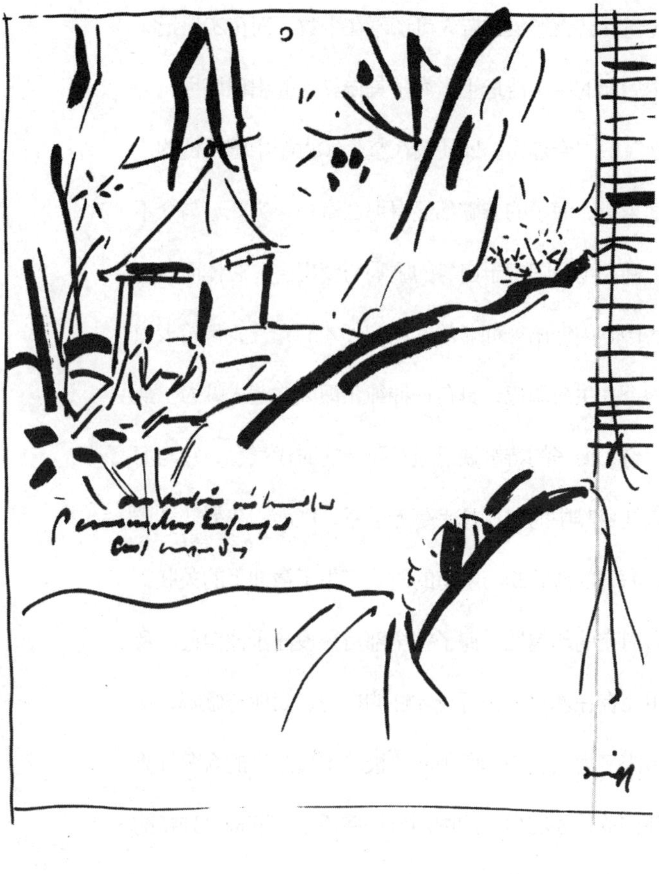

后记

在中国新诗发展史上，具有传奇色彩或者说创造了自身传奇性诗人形象的诗人可谓不在少数。而在20世纪80年代中后期的中国诗坛上，海子其诗其人的出现堪称一种"空前"的"奇迹"。即使放在整个20世纪中国新诗的广阔范围来看，海子的诗歌都显得那么奇崛、突兀、与众不同，仿佛完全只陶醉于自身的歌唱与梦想中。总体而言，海子的诗歌闪烁出一种非常本色的天才的光芒，带着极为鲜明的个人生命印记，具有一种纯正恒久的艺术魅力。从表面上看，海子的诗歌缺乏通常所谓的时代气息，它与海子本人处身其中的时代几乎毫无关系，然而，在另一种意义上，海子的诗歌却与所有的时代产生了精神上的关联，它具有时空的超越性。海子将全部目光投注于他自己以及人类生命存在本身，进行天才性的抒写、表现与歌唱，从而创造出了为人类心理所需要、极具本真意义的众多优秀抒情性诗篇，为20世纪的中国诗坛增添了一道极其独特的风景，也为我们提供了一种珍贵的启示。

海子诗歌及海子的独特价值与意义早在海子离世之后不久就为当时的人们所意识到了，人们争相阅读、传诵海子优秀诗篇的动人场景，至今想来依然令人为之感动。随着岁月的流逝与推移，海子诗歌及海子本人的独特价值和意义获得了人们更为广泛的认可与肯定，也得到了人们较为深入的理解和认识。作为一名风格独特而卓异的诗人，海子的重要价值与重要地位如今已经获得了文学史（诗歌史）的承认，海子的诗歌作品也相应地具备了"经典"的地位，其代表作被频频选入各类大、中学教材。在日益物质化的今天，人们对于海子作品阅读的兴趣与热情依然不减从前，这不能不说主要源于海子诗歌自身的魅力。不过，在上世纪90年代中后期，当我还在北大读研期间，我就已经发现，大众读者对于海子诗歌的阅读大多仍停留在泛泛的审美感受性阶段，而且在阅读过程中遭遇了不少诗意理解上的困惑与障碍，出现了许多"人为"误读的情形与现象。不久前，著名学者、北京师范大学教授王一川先生在一次文学概论课上给师大学生分析海子被选入中学语文教材的诗歌代表作之一《面朝大海，春暖花开》

时,就说起有些中学语文教师对此诗的严重误读达到了让他难以忍受的程度,而后,他对海子的这首诗歌代表作进行了非常到位的分析,帮助学生们深入理解此诗的丰富意蕴。

鉴于此,把海子精短、优秀的抒情性诗歌作品汇集起来,编写一本作品解读与鉴赏类的书,尽可能让海子优秀诗歌作品的思想与艺术精髓真正而充分地显露出来,冀望通过这种方式,让人们对海子的诗歌及海子本人能够获得进一步深入的理解,其意义与价值应该是不言而喻的。

在此,我要感谢江苏文艺出版社领导对该选题的支持,也要感谢责任编辑于奎潮先生作为一位诗人在精心策划与积极推出这本书的过程中所付出的心力与热忱。同时,我也要对著名诗人西川先生对我本人所从事的海子诗歌研究及相关工作的理解与支持表示由衷的谢意!并借此机会对谢冕先生、西川先生、燎原先生、陈超先生、朱大可先生、张清华先生及崔卫平女士等诗人、诗评家在海子诗歌及海子研究方面所做出的卓有成效的工作表示我个人的敬意！借此机会，我还要对我的导师、北大中文系教授曹文轩先生表示由衷的感谢！当初我写作硕士毕业论文《海子论》时，是他给了我全力的支持，并使《海子论》日后在诗歌界获得了良好的反响，也为我日后继续从事海子诗歌及海子研究奠定了坚实的基础。

最后，我想稍加说明一下的是，我原想对海子的诗歌作品尽量作纯粹的文本分析或艺术性鉴赏，但在赏析过程中发现很难做到这一点，不得不加入了许多思想背景介绍或有关的阐释性文字，最终采取了将思想性、艺术性结合起来分析的方式。对于本人解读与赏析文字中的不当或不妥之处，敬请各位方家与读者批评指正！

谭五昌写于2007年11月8日
2017年9月修改

图书在版编目（CIP）数据

面朝大海 春暖花开：海子诗歌精品 / 海子著；韦尔乔绘. — 南京：江苏凤凰文艺出版社，2018.4（2022.2重印）

ISBN 978-7-5399-9676-9

Ⅰ.①面… Ⅱ.①海… ②韦… Ⅲ.①抒情诗 – 诗集 – 中国 – 当代 Ⅳ.①I227.2

中国版本图书馆CIP数据核字（2016）第232755号

书　　　名	面朝大海 春暖花开 海子诗歌精品
诗　　　作	海　子
绘　　　画	韦尔乔
选编/撰文	谭五昌
责任编辑	于奎潮　孙　茜
出版发行	江苏凤凰文艺出版社
出版社地址	南京市中央路165号，邮编：210009
出版社网址	http://www.jswenyi.com
印　　　刷	南京爱德印刷有限公司
开　　　本	880×1230毫米　1/32
印　　　张	6.75
字　　　数	100千字
版　　　次	2018年4月第1版　2022年2月第3次印刷
标准书号	ISBN 978-7-5399-9676-9
定　　　价	35.00元

（江苏文艺版图书凡印刷、装订错误可随时向承印厂调换）